트로피 헌터

노은희(盧恩姬)

서울에서 태어나 단국대학교와 추계예술대학교 대학원을 졸업했다. 2003년 「창주문학상」으로 등단했다. 소설집 『우아한 사생활』, 장편소설 『다시, 100병동』, 동화 『머리 둘 가진 뱀 이야기』, 학습 안내서 『인기짱 선생님의 놀이학습법』이 있다. 「단국문학상」, 「개천문학상」, 「아산문학상」을 수상했다. 「시와시학 신춘문예 평론 부문」, 「세명일보 신춘문예 수필 부문」, 「제주기독신문 신춘문예 소설 부문」에 당선되었다.

트로피 헌터

초판 1쇄 발행 2021년 9월 15일
2쇄 발행 2021년 9월 30일
3쇄 발행 2024년 11월 11일

지은이 노은희
펴낸이 장현수
펴낸곳 메이킹북스
출판등록 제 2019-000010호

디자인 장지연
편집 장지연
교정 안지은
마케팅 김소형

주소 서울특별시 구로구 경인로 661, 핀포인트타워 912-914호
전화 02-2135-5086
팩스 02-2135-5087
이메일 making_books@naver.com
홈페이지 www.makingbooks.co.kr

ISBN 979-11-6791-008-0(03810)
값 13,000원

ⓒ 노은희 2021 Printed in Korea

이 책은 경기문화재단의 지원을 받았습니다.
잘못된 책은 구입하신 곳에서 바꾸어 드립니다.
이 책의 전부 또는 일부 내용을 재사용하려면 사전에 저작권자와 펴낸곳의 동의를 받아야 합니다.

홈페이지 바로가기

메이킹북스는 저자님의 소중한 투고 원고를 기다립니다.
출간에 대한 관심이 있으신 분은 making_books@naver.com으로 보내 주세요.

트로피 헌터

노은희 소설

메이킹북스

목 차

책머리에　8

트로피 헌터　11
부활　49
똘뜨　87

작가 후기　124
발문 결국은 사랑 – 김미월　127
해설 삶을 돌아보는 소설 – 배성우　132

책머리에

 소설을 쓰는 동안 헌터가 되어 거침없이 들판을 내달렸습니다. 작품 안에서 박제사가 되어 박제품을 만들고, 매 순간 구원을 바라며 신께 간절히 기도드렸습니다. 단편 소설 속의 인물들을 창조하고 무너뜨리며 예술가의 꿈을 꾸는 동안 내내 아팠습니다. 고통의 시간을 홀로 견디고 나니 어엿한 작품집이 완성되었습니다.

 의미 있는 수상작들을 작품집으로 엮을 수 있어서 감사합니다. 어려운 출판 여건 속에서도 원고를 묶어주신 출판 관계자 분들의 수고에

고마운 마음을 전합니다. 소설가의 꿈을 이루어 주신 김선희 선생님, 김양호 교수님께 기쁜 출간 소식을 전합니다. 늘 귀한 독자가 되어 주시는 김수복 교수님께 더욱 노력하는 제자가 되겠다고 약속드립니다. 항상 초심의 마음을 환기시켜 주시는 추계예술대학교 김다은 교수님, 따뜻하게 작품을 품어주시고 아낌없이 격려해 주신 박찬일 교수님께 고개 숙여 인사 올립니다. 캐릭터에 대해 구상할 수 있도록 지도해 주신 오양진 교수님, 소중한 가르침 잊지 않겠습니다.

소설을 읽는 동안 함께 초원을 내달리며 헌터가 되었으면 좋겠습니다. 녹록지 않은 현실을 잠시 잊고 허구의 세계에서 잠시나마 쉬어가시길 바랍니다. 여전히 갈 길은 멀지만, 잡은 손 놓지 않고 묵묵히 걸어가겠습니다. 헌터의 숨 고르기가 시작되었습니다. 내내 평안하시길.

트 로 피 헌 터

성공한 사냥으로 인해 나의 전리품들이 늘어날수록 나는 이 세상에 태어난 값을 하는 것 같아 행복했다.

죽음을 앞둔 어머니는 쪽지 한 장을 주셨다. 생전 한 번도 입 밖으로 내지 않던 아버지의 이름과 연락처가 적혀 있었다. 자식이 있음에도 불구하고 헤어질 수밖에 없었던 기구한 사연이 있을 거라 짐작만 할 뿐이다. 고단한 당신의 인생은 늘 위태로워 보였고, 나는 그런 어머니를 향해 궁금한 것을 단 한 번도 묻지 않았다. 어린 시절, 어머니는 나를 꼭 끌어안고 우는 날이 많았는데 그럴 때마다 나는 숨이 막혔다. 이대로 영영 어머니가 나를 떠나지는 않을까 아이답지 않게 걱정이 되었고, 어머니의 모습을 보며 혼자 남겨진다는 것이 얼마나 비참한 일인지 알게 되었다.

몸이 피곤하다는 말을 습관처럼 달고 사셨던 어머니인지라 크게 신경을 쓰지 않았다. 축 늘어져 주무시는 날이 많아지는 어머니께 운동을 좀 해보시라고 권했고, 움직이지 않으니 더 피곤한 거라고 퉁명스럽게 얘기했다. 가까운 공원으로 산책이라도 다니면 그 정도로 피곤하진 않을 거라며 성의 없이 말했다. 병원을 모시고 가고 싶은 생각도 있었지만 늘 돈 앞에 벌벌 떠는 어머니의 모습은 사람을 지치게 만들었다. 가자고 말해봤자 이런저런 핑계를 대며 진료를 미룰 것이 뻔했고, 반복되는 일로 진을 빼고 싶지 않았다. 어머니는 마지막 과제를 마무리하듯 아버지의 이름과 전화번호를 남겼다. 돌아가시기 전, 만나고 싶으신 걸까. 나는 가만히 고개를 저었다. 만나고 싶다기보다는 나의 존재를 알리고 싶은 마음이 크지 않았을까. 이렇듯 키워 놓았으니 앞으로는 아버지다운 몫을 하라고 일러두고 싶은 마음이 클 것 같았다. 마지막 순간 어머니는 나에 대한 걱정이 가장 클 것이다. 하지만 이것은 순전히 나만의 짐작이다.

일생의 과제를 마친 어머니는 빠르게 병세가 진행되었고, 항암 치료를 더는 받고 싶어 하지 않았다. 조금이라도 정신이 있을 때 생을 마무리하고 싶다고 하셨다. 항암 주사를 맞고 나면 아무 정신이 없다고, 극심한 고통에 살고 싶은 마음조차 없어지는 아주 독한 주사라며 의미 없는 연명 치료를 완강히 거부했다. 나는 어머니의 뜻에 따라 당신을 호스피스 병동에 모셨다. 우리는 만나면 대화를 나누기보다는 침묵으로 일관하는 날이 많아졌다. 갑작스럽게 닥친 어머니와의 이별 앞에 나는 어떤 말로 상대를 위로해야 하는지 잘 알지 못했고, 남겨진 당신의 시간을 지켜보며 마음이 힘든 것은 나도 마찬가지였다. 어머니에게 남은 시간이 얼마 남지 않았다고 인지할수록 할 말은 사라졌다. 너무 많은 말들이 하고 싶었고, 그럴수록 나는 입을 닫았다.

연락해봤니, 무심한 듯 어머니는 말을 걸었다. 나는 마시던 음료수를 탁자 위에 가만히 올려두었다. 장례식에 오라고 전화를 해야 하나, 생각하고 있던 내게 갑작스러운 질문이었다. 어머니는 살아계실 때 아버지와 조우하고 싶으신 거였다. 나는 아무런 대답도 하지 않았다. 죽기 전에 그래도 한 번은 만나고 싶구나. 그냥 한 번쯤은 그 사람의 진심을 알고 싶은 거지. 다 죽어가는 마당에 그게 무슨 소용이 있냐고 항변하고 싶었지만, 말을 마친 어머니는 붉은 피를 토해냈다. 어머니는 가만히 입을 막고 터져 나오는 기침을 애써 참았다. 쿨럭대는 소리와 함께 붉은 피는 자꾸만 뿜어져 나왔다. 인생의 마지막을 가본 적이 없는 내가 당신의 마음을 어찌 헤아릴 수 있을까. 허둥대지 않고 어머니의 등을 가만가만 쓸어 주었고, 물티슈로 주변을 정리했다. 내가 놀라지 않아야 어머니도 담담할 수 있기에 나는 이런 황망한 순간에도 침착해야 했다. 나는 어머니의 기침이 잦아지기를 기다렸다가 낮게 읊조리듯 말했다. 조금 있다가 전화해 볼게요.

늙은 수컷 사자를 쫓던 날이었다. 죽음을 직감한 녀석은 느릿느릿 뒷걸음치며 모든 상황을 체념한 듯 보였다. 사나운 눈망울에는 두려움이 언뜻 비춰졌지만, 이내 젊은 날을 회상하듯 편안한 얼굴을 보여주었다. 늙은 수사자는 빠른 걸음으로 초원을 누비던 용맹했던 날을 떠올리는 듯 보였다. 갑자기 온순해져 버린 수사자는 내가 총을 겨눌 의욕을 상실하게 만들었다. 아무리 늙었어도 사자답게 총을 겨눈 나를 향해 으르렁거리고 맹렬하게 이빨을 드러내며 나를 위협해 주는 것이 옳았다. 바짝 손톱을 세우고 달려들어야 했다. 죽음을 목전에 두고 생의 의욕을 상실한 수사자의 체념은 사냥을 포기하고 싶게 만들기에 충분했고, 녀석은 그사이 다른 헌터의 총에 사살되었다. 수사자는 마지막까지 나를 맞닥뜨리고 있었기에 자신을 향해 총을 겨눈 사람이 나라고 생각하는 듯, 내 쪽을 향해 눈을 번이 뜨고 죽었다. 미국에서 넘어온 헌터는 죽어가는 녀석을 향해 기쁨의 미소를 지었다. 아직 숨이 붙어 있는 녀석을 제압하고 오늘의 멋진 사냥을 기념하기 위해 카메라를 들이댔다. 마지막 숨이 끊어지지 않은 녀석은 카메라 앵글을 고요히 응시하며 허연 김을 뿜어냈다. 총알이 박혔어도 쉬 죽지 않는 생명들, 삶이란 이렇듯 잔인하고 질겼다. 녀석의 주검을 확인하기 위해 멀리 암사자가 어슬렁거리며 상황을 엿보고 있었지만, 총과 칼을 쥔 우리 앞에 쉽게 정체를 드러내지는 않았다. 하늘을 향해 한 발의 총을 쏘아 올리자 잔뜩 겁을 먹은 암사자는 자취를 감춰 버렸다. 그렇게 한 무리의 가장은 전리품으로 짧은 생을 마감했다.

무슨 말을 해야 할까. 강지영씨를 아시나요, 정중하게 물어야 하나. 아니면 나는 당신이 태어난 순간 버린 딸입니다, 하고 말해야 하나. 이런 순간들을 그려보지 않은 건 아니었다. 친부를 대하는 찰나를 수도 없이 상상했지만, 막상 닥쳐온 상황은 버겁기만 했다. 이제는 모른 척하고 살아갈 수도 있는데 어머니의 갑작스러운 죽음으로 낯선 것들의 순서를 정하고 마음을 다쳐야 하는 것이 싫었다. 철저하게 자신을 외면했던 남자를 향해 어머니는 어떤 미련이 남았단 말인가. 어머니를 버린 친부로 인해 그녀는 늘 가난했고, 허덕였으며 외로웠다. 그런 어머니의 녹록지 않은 삶을 보며 친부를 원망했던 날이 많았다. 우연히 불우한 이웃을 돕는 해외 단체에서 귀족들의 원정 사냥에 나를 초대해 주었고, 추격에 실패한 녀석을 향해 얼떨결에 총을 쏜 나는 용감하고 실력 있는 꼬마 헌터가 되어 그들의 무리에 합류할 수 있게 되었다. 거만한 귀족 무리는 조건 없이 내게 장학금을 지급해가며 사냥과 관련한 기술을 습득할 수 있도록 이끌어 주었다. 나는 가난의 어두운 그림자에서 그렇게 서서히 놓임 받을 수 있었다.

커다란 덩치의 고릴라를 사냥했을 때 나는

얼마나 흥분되었는지 모른다. 발에 총을 맞은 녀석은 살아 있었고, 잔뜩 겁을 집어먹었다. 부리부리 커다란 눈망울이 두려움에 흔들렸다. 살고자 하는 의지를 보일수록 헌터의 자부심은 커져갔다. 몸에 큰 흉터 없이 녀석을 독살해 버리면 박제를 하기에도 좋다. 좋은 박제품은 상상도 할 수 없는 높은 가격으로 거래된다. 그날, 사냥에 참여한 우리는 죽음을 앞둔 녀석을 중심으로 동그랗게 모여들었다. 각자의 소중한 총자루를 자랑하듯 앞세우며 우리는 멋지게 사진을 찍었다. 왁자지껄한 헌터들의 틈에서 녀석은 바짝바짝 입이 말라갔다. 바들바들 떠는 고릴라를 보며 나는 장난삼아 마지막 악수를 청하기도 했다. 나의 재치 있는 모습에 홀딱 반한 헌터들은 깔깔깔 웃으며 즐거워했다. 고릴라는 손아귀에 힘이 풀려 있었다. 하지만 덥석 다시 내 손을 쥐었다. 아마도 내가 저를 살려줄 거라 착각한 듯 보였다. 실낱같은 희망에 매달리듯 고릴라는 내 손을 부여잡았다. 나는 다시금 악수를 청하는 녀석의 손을 매몰차게 뿌리치며 고릴라에게 똑똑하게 말해 주었다. 인간은 절대 너를 구원해주지 않아. 게다가 난, 멋진 헌터란다. 잘 가.

　나는 냉정한 사람이다. 게다가 내 행동은 때때로 잔인하기도 했다. 결코 나는 마음이 여린 사람이 아니다. 내가 만약 마음이 물러 터진 사람이었다면 나는 사자의 두꺼운 발톱을 주머니에 넣고 다니며 사냥의 추억을 떠올릴 수 없을 것이다. 녀석의 두꺼운 발톱을 잡아채면서도 나는 승리의 기쁨만을 만끽했다. 순응하는 녀석의 가죽을 벗겨달라 부탁하며 일말의 죄책감도 느끼지 않던 나였다. 나는 가난한 아프리카에 사냥을 위해 거액의 비용을 지불하였으며, 트로피 헌터라는 직업에 대해 나름의 자기만족에 취해 살았다. 여자로 하기 힘든 일을 유연하게 해내는 나를 보며 사람들은 환호해 주었고, 사냥터에서 나는 가장 빛나는 모습으로 서 있을 수 있었다.

　트로피 헌터로서 가장 자랑스러웠을 때는 기

린을 사냥했을 때다. 미련한 아빠 기린은 자신의 새끼를 지키기 위해 여러 발의 총알을 스스로 맞았다. 놀란 새끼 기린은 아빠의 죽음을 보고 허둥지둥 달렸지만, 간간이 뒤를 돌아다봤다. 앞만 보고 뛰기에는 제 아버지가 마음에 걸렸던 모양이다. 죽어가는 아빠는 쓰러져가는 와중에도 혼신의 힘을 다해 끽끽 끔찍하게 소리를 질러댔는데, 어서 도망가라는 지시였을 것이다. 아빠의 고함에 정신을 바짝 차린 어린 기린은 앞만 보고 허둥허둥 뛰었다. 어차피 사냥의 규칙상 늙은 짐승만을 사냥하게 되어 있고 어린 생명을 향해 총을 겨눌 일은 없었다. 하지만 이런 사실을 알 수 없는 아빠와 새끼는 서로를 걱정하며 마지막 순간까지 그들만의 의리를 지켰다. 나는 그것이 퍽 짜증스러웠다. 한낱 짐승들에게 사랑이 존재한다는 것이 싫었다. 짐승답게 살고자 하는 본능에만 충실해야지, 죽어가는 순간조차 아빠와 새끼의 관계를 잊지 않는 것이 못마땅했다. 아빠 기린은 안 그래도 긴 목을 길게 늘어뜨리고 마지막까지 새끼의 안전을 확인했다. 자신의 새끼가 더는 시야에 잡히지 않자 그제야 눈을 감았다. 나는 아빠 기린의 목을 똑바로 하고 카메라를 향해 웃음을 지으며 사진을 남겼다. 아빠 기린의 처지가 불쌍하긴 했지만, 최고의 순간을 포기할 수는 없었다.

죽는 날을 받아둔 어머니를 위해 나는 전화를 걸어야만 한다. 어쩌면 마지막일 수도 있는 만남을 어떻게든 성사시켜주고 싶다. 죽어가는 마당에 진심을 알아서 뭘 하려는 것인지 알 수 없었다. 단 한 번도 당신을 찾아오지 않은 사람을 향해 어떤 진정성을 요구하는 것인지 답답했다. 인생을 정리하다 보니 착잡한 마음에 추억팔이라도 하는가 싶었고, 사람의 기억이 왜곡될 수도 있다는 생각이 들었다. 고통이 너무 끔찍한 나머지 생의 소중했던 시간을 자꾸만 소환하고 있는 것은 아닐까. 오늘내일하는 마당에 왜 아버지를 찾는지 어머니의 마음을 도통 헤아릴 수 없었다. 아니, 별반 헤아리고 싶지 않다는 표현이 옳을 수도 있다. 어머니의 사랑이고 당신의 그리움이지, 나와는 상관없는 사람이 아닌가. 내가 아버지라는 존재를 그리워했을 때 그는 있어 준 적이 없으며 그의 부재는 나를 사랑하는 법도 사랑받는 법도 모르는 사람으로 커 가게 만들었다. 나는 그저 드넓은 사냥터에서 동물들을 사냥하며 짜릿한 쾌감을 느끼는 순간이 제일 좋았다.

늙은 코끼리의 상아를 빼고, 순록의 큰 뿔을 거침없이 자르며 나는 행복했다. 합법적으로 총을 겨눌 수 있는 자유로운 공간에서 죽임을 선택할 수 있다는 것은 즐거운 고민이었다. 호랑이의 치아를 깨끗하게 제거하며 우리는 헌터로 얼마나 근사하게 살고 있는지를 이야기했고, 기름진 사슴고기를 질겅질겅 나누어 먹으며 성공적인 사냥에 대해 서로를 칭찬했다. 그들을 박제해두고 사냥하던 순간의 희열을 잊지 않기 위해 노력했으며, 그 전율을 다시금 느끼기 위해 또다시 아프리카를 찾았다. 서로의 전리품을 자랑하며 우리는 어깨를 으쓱거렸다. 아픈 어머니의 호출이 아니었다면 지금도 나는 아프리카를 누비며 불필요하고 소모적인 고민 따위는 하지 않고 있을 것이다.

점심시간을 이용해 전화를 걸었지만, 그는 받지 않았다. 전화를 받지 않는 것이 그렇게 다행스러울 수가 없었다. 친부가 부재중 전화를 확인하지 않기를 바랐다. 하지만 언제고 통화를 해야 한다는 데에 생각이 미치자 이내 답답증이 일었다. 어머니를 위해 나는 그와 통화를 해야만 한다. 내 번호를 확인하는 순간, 그쪽에서도 어떤 결심이 필요할 것이다. 반가운 마음에 선뜻 전화를 걸 수 있는 사이는 아니니까. 연락을 취했는지 궁금해하실 것 같아 최대한 건조하게 말했다. 전화를 걸었는데, 받지 않았어요. 연락이 오면 말씀드릴게요. 어머니는 가만히 고개를 끄덕였다. 음식을 섭취하지 못하는 어머니는 하루가 다르게 여위어가고 있다. 바싹 말라가는 어머니를 보면 마음이 아프다. 이런 상황을 보면, 나는 얼마나 야생 동물에게 고마운 사람인가. 늙고 병든 그들이 초원에서 고루하게 생활하지 않도록 한 방에 그들이 죽게 만들어 준다. 물론 그들의 숨이 끊어지기 전에 사진을 찍어야 해서 그 순간은 고통스러울 수 있지만 비교적 짧은 시간에 죽음은 마무리된다. 의미 없는 죽음이 아닌, 그들이 살아 있었던 시간을 증명하듯 가죽을 벗겨 박제품으로 만들어 쉽게 잊혀지고 말 생을 증명해 주기도 한다. 늙은 야생 동물들은 우리 헌터들에게 고마운 마음을 가져야 한다. 헌터 무리의 자랑스러운 사진 속에서도 그들은 생의 족적을 남긴다.

일부러 전화기에 신경을 쓰지 않았다. 좀 더 시간을 벌고 싶었다. 어떤 말을 해야 할지 알 수 없었고, 없었던 사람에 대해 생각해야 하는 시간이 지겨웠다. 오랜 그의 부재는 세상에 존재하지 않는 사람으로 기억되었고 내겐 애증의 대상조차 되지 못했다. 한 번도 본 적 없고 들은 적 없고 기대하지 않았던 친부는 그저 껄끄

럽고 부담스럽고 만나고 싶지 않은 인연일 뿐이었다. 사진 한 장 남기지 않은 사람이다. 어떤 기억도 없어서 오히려 깔끔했는데 갑자기 구질구질해진 느낌만이 들 뿐, 어머니의 죽음 이후 다시는 볼 일도 없는 사람 아닌가.

  사람들은 우리를 욕했다. 인간답지 못하다고 말했고, 그렇게 돈을 쓸 곳이 없냐고 비난했다. 잔인한 취미 생활을 하는 미치광이라고도 했다. 생명을 소중히 다루지 않는 헌터들이라고 인신공격하며 야생 동물의 죽음만을 안타까워했다. 하지만 벼랑 끝에 서 있는 내게 손을 내밀어준 그들이 나는 마냥 좋았다. 재미있는 사냥 기술도 배울 수 있고, 초원을 마구 달리며 총을 쏠 수 있다는 것은 나를 행복하게 만들어 주었다. 무엇 하나 잘하는 것 없던 내가 사람들의 관심과 칭찬을 받으며 사는 것이 즐거웠다. 멋진 사냥을 하며 서로를 기념하고 귀중한 박제품을 나누며 의리를 다지는 시간이 나름 뿌듯했고, 절대로 그 무리에서 떨어져 나오고 싶지 않았다.

성공한 사냥으로 인해 나의 전리품들이 늘어날수록 나는 이 세상에 태어난 값을 하는 것 같아 행복했다. 전리품의 숫자에 연연하게 된 것도 그런 마음과 무관하지 않다.

  전화벨이 요란하게 울렸다. 심장이 뛰었다. 나는 쉽게 진정되지 않는 가슴을 부여잡고 전화를 받았다. 상대방이 말이 없다. 나는 오랜 침묵을 깨고 어머니가 많이 위중하시다는 것, 나는 당신의 딸이고 이곳 호스피스 병동으로 와서 연락을 하면 좋겠다는 내용을 전달한다. 아버지란 호칭은 끝내 뱉고 싶지 않아서 그쪽이라는 세련된 표현을 택했고, 만약 오시지 않더라도 이해하겠다며 어머니의 뜻은 전달해야 할 것 같아서 전화를 걸었노라 두서없이 이야기했다. 가야지……. 주소 좀 문자로 넣어줘요. 그쪽에서 대답했다. 부탁한다는 말로 우리의 통화는 종결되었다.

  머리가 지끈거리기 시작했다. 나는 기계적으로 친부에게 문자 메시지를 전송한다. 차라리

그쪽에서 오지 않겠다고 했으면 좋았을 것이다. 친부가 오는 것을 알려야 한다. 그러면 당신은 기뻐하실까. 온다고 하네요. 아마 늦지 않게 올 것 같은데, 그래도 너무 기다리지는 마요. 온다고 하고 안 올 수도 있는 거고. 극심한 고통이 밀려오는지 어머니는 잔뜩 미간을 찌푸린 채 답한다. 약속했으면…… 올 거야. 그 사람은 그런 사람이야…….

하이에나 떼에게 공격을 당한 검은꼬리누는 순식간에 뼈만 남았다. 무리 지어 다니는 하이에나는 장기 하나도 남기지 않고 알뜰하게 검은꼬리누를 먹어 치웠다. 그 사체를 바라보면서 살아남은 검은꼬리누들은 우적우적 풀을 뜯고 있다. 치열한 야생의 현장에서는 죽음을 슬퍼할 겨를도 없다. 생존을 위해 먹어야 하고, 죽지 않기 위해 치열하게 달려야 한다. 나는 머릿속으로 아프리카의 풍경들을 자꾸 곱씹었다. 이런 골똘한 생각들로 어머니와 아버지의 만남을 지워버리고 싶었고, 친부를 만나야 하는 달갑지 않은 상황을 훌훌 털고 잊어버리고 싶었다. 어머니의 어떤 기대가 남은 말이 나를 미치게 만들었다. 약속을 지키는 사람? 올 거라는 믿음? 죽음을 앞둔 어머니는 지난 세월의 아픔을 너무 아름답게 포장하고 있다. 어머니의 왜곡된 추억에서 아버지가 존재하는 느낌이 든다.

어머니가 갑자기 정신을 잃었다. 방금 전까지만 해도 또렷한 의식으로 아버지에 대해 이야기하던 어머니가 혼절해 버린 것이다. 나는 덜컥 겁이 났다. 하지만 나는 누구보다 목숨이 질기다는 것을 잘 알고 있는 헌터다. 짐승들도 쉬 죽지 않고 마지막 순간까지 살기 위해 애쓴다. 똑바로 눈을 홉떠 보려고 하고, 마지막 순간까지 일어나려고 기를 쓴다. 호랑이는 죽는 순간까지도 위엄 있는 포식자의 눈빛을 잃지 않고 총구를 겨눈 사람을 매섭게 쏘아본다. 그러니 정신을 잃었다고 하더라도 쉽게 돌아가시지는 않을 것이다. 오랜 기다림의 그를 만나고 떠나야 한다. 다행히 어머니는 정신이 드셨다. 억울해서라도 눈을 떠야만 한다. 평생을 외면한 그가 온다는데 하고 싶은 말은 해야지, 듣고 싶은 말은 들어야지. 이대로 가버릴 수는 없는 노릇이다.

붉은 가슴 곰은 나를 먼저 알아봤다. 며칠 동안 나는 녀석을 목표물로 정해놓고 추격을 벌이던 참이었다. 덩치 큰 곰을 한 방에 쓰러뜨렸을 때의 쾌감은 생각보다 강렬한 것이어서 녀석을 꼭 사냥하고 싶었다. 나이가 든 늙은 곰은 노련하기는 해도 행동이 굼떴다. 하지만 속속들이 지리를 잘 알고 있었고, 겁내지 않고 도망치는 요령도 터득한 제법 영리한 놈이었다. 내게 쫓기는 와중에도 그는 먹을 것을 찾아 먹어야 했고, 나는 총을 쥐고 있으니 상당한 위협을 느꼈을 것이다. 불공평한 추격 중에 녀석과 나는 마주쳤다. 하지만 이번에는 녀석이 나를 피하지 않고, 느긋하게 건너다봤다. 그토록 내 생명을 원하면 기꺼이 내어 주겠다는 듯이 눈 하나 꿈쩍하지 않고 나를 바라봤다. 그날 나는 녀석을 향해 총을 쏘지 못했다. 목표물이 유유히 내 시야에서 벗어나고 있는데도 나는 얼어붙은 채 가만히 서 있었다. 붉은 가슴 곰이 너무도 당당히 죽음을 맞이하자 기가 질려버린 건 오히려 내 쪽이었다. 죽일 테면 죽여보라는 식으로 청명하게 나를 마주한 눈빛을 향해 나는 총을 쏠 수 없었다. 생에 대해 집착하지 않는 곰의 당당함은 내가 사냥을 포기하도록 만들었다.

나의 어머니도 그렇게 죽음 앞에 당당해지길 기도했다. 그래서 생의 마지막을 알리고 어머니의 손을 잡은 저승사자도 어머니의 서슬에 놀라 좀 더 운명의 시간을 허락해 주기를 기도했다. 어디에 사는지, 대체 언제 오는 건지, 어떤 정보도 없이 사람을 기다린다는 것은 퍽 힘든 일이었다. 다시 전화를 걸어 확인해보고 싶었지만, 그보다 불편한 일은 없었다. 양심이 있다면 위독하다는데 서둘러 올 것이란 생각이 들었고, 어머니의 신뢰대로 그는 오고 있는 중일 거라 믿었다. 제일 걱정이 되는 건, 어머니의 터무

니없는 기대가 무너지는 것이었다. 만약 친부가 오지 않는다면 어머니는 얼마나 절망할까. 부디 친부가 30년의 세월을 거슬러 용기 있게 나타나길 바랄 뿐이다.

어머니는 통증에 지쳐 잠이 들었고, 살 가망이 점점 희박해져 가는 어머니를 향해 의사는 허기가 느껴지지 않는 주사제를 처방해 주었다. 아마 앞으로 식사는 힘들 거라고 하며 먹어봤자 소화되지 않는 음식들로 인해 환자가 더욱 고통스러울 수밖에 없다고 했다. 담당의는 병실 밖으로 나를 불러냈고, 심정지가 올 경우, 심폐 소생술을 할지 말지를 결정해야 한다고 말했다. 마음의 결심이 서면 자기 방으로 찾아오라며 내 어깨를 가볍게 토닥여주었다. 하기 힘든 말을 건네며 그는 내 눈을 마주치지 못했다. 자신의 운동화 코로 시선을 떨구고 힘들게 할 말을 끝냈다.

처음 동료들과 함께 얼룩말을 사냥했을 때, 나는 죽어가는 녀석을 향해 시선을 둘 수가 없었다. 어쩐지 불쌍했고, 미안했으며 내가 아니었더라면 더 오래오래 살았을 거란 생각을 하자 가여웠다. 얼룩말의 가족들이 가장의 무사 귀환을 기다리고 있을 거란 생각이 들자 이내 눈물이 맺혔다. 여러 가지 복잡한 감정들로 눈을 마주치지 못하고 있을 때, 옆에 있던 친구가 말했다. 네가 정말 사냥꾼이 되고 싶거든 녀석의 눈을 봐. 그것도 하지 못하면서 사냥터에 나오는 건 말이 안 되는 일이거든. 물러설 곳이 없었다. 헌터가 되는 길만이 유일하게 내가 버틸 수 있는 길이었기에 나는 죽어가는 얼룩말을 향해 눈을 마주쳤다. 녀석은 고통에 몸부림치며 힘없이 죽어갔다. 애처롭고 처연하게 나를 바라보다 죽었다. 그 뒤, 나는 죽어가는 주검을 향해 시선을 마주하고 피하지 않았다. 어차피 이 일을 하기 위해 견뎌내야 하는 관문이라면 당당해야만 했다.

몇 시쯤 되었니? 기운 없는 어머니는 들릴락 말락 한 목소리로 시간을 물었다. 아마도 친부를 기다리고 있는 모양이다. 제법 시간이 되었어요. 여덟 시쯤 된 것 같아요. 오늘 못 오면 내일은 오시겠지요. 어디서 오는지를 물어보지 못했어요. 자꾸 말이 덧붙여졌다. 할 말이 없을 때, 필요 없이 말이 많아지는 건 오래된 나의 버릇이다. 각국에서 온 헌터들과 함께 생활하며 나는 눈치 보는 일이 잦았다. 눈치껏 말을 하고, 눈치껏 행동해야 하는 걸 누가 가르쳐 주지 않아도 터득할 만큼 나는 눈칫밥을 먹으며 자랐다.

 악어들이 배가 고플 시기가 되면 물소 떼가 먹이를 찾아 이동할 때가 된다. 악어 떼가 우글거리는 늪을 건너야만 다시 풀을 뜯을 수 있는데 잔뜩 배가 고파진 악어들은 최대한 많은 물소를 죽여 먹잇감으로 저장해 둔다. 수천 마리의 물소 떼가 이동하는 모습은 눈물겹기까지 하다. 정말 대단한 것은 물소의 우두머리가 늪에 뛰어들지 않는 한, 단 한 마리도 이탈하지 않고 대장의 행동을 지켜본다는 것이다. 그의 판단에 가장 적합한 위치가 결정되면 망설임 없이 늪으로 뛰어들고 우두머리의 뒤를 따라 수천 마리의 물소가 행동을 같이한다. 지도자답게 그는 다시 우뚝 서서 대열을 만들고, 묵묵히 앞장서서 걷는다. 늪을 건너는 도중 많은 물소가 희생되지만, 이 또한 어쩔 수 없는 자연의 법칙이다. 내가 감탄했던 것은 물소 대장을 향한 무리의 한없는 믿음이었다. 그의 판단을 전적으로 신뢰하는 집단의 강력한 믿음은 대장을 더욱 빛나게 만들어 주었다. 녀석도 악어 떼가 우글거리는 늪에 몸을 던질 때 겁이 났을 것이다. 저라고 어찌 두려움이 없었을까. 그런 위험한 상황에서도 대장답게 힘차게 몸을 던져 앞서 걷는 물소의 우두머리. 그는 지도자가 될 충분한 자격이 있다.

내게도 부모님이 필요한 순간들이 있었다. 하지만 어머니는 가장의 역할까지 담당하며 바지런히 나를 키워야 했고, 나약한 소리를 떠들어대기엔 어머니의 삶도 휘청거렸다. 어릴 적부터 나는 스스로를 신뢰하며 살아야 했고, 무엇이든지 혼자 결정해야 했다. 헌터로서 내가 남들보다 조금 더 빨리 판단하고 결단에 망설이지 않는 것도 이런 사정과 무관하지 않다. 어머니는 헛것이 보이는지 허공을 향해 휘이휘이 손을 저었다. 따라가지 않겠다며 혼잣말을 하기도 하고, 꼭 감기지 않는 눈을 부르르 떨기도 했다. 숱이 많지 않은 어머니의 긴 속눈썹이 같이 바르르 떨렸다. 여러 순간 죽음을 목격한 나는 어렴풋이 어머니의 시간이 얼마 남지 않았음을 알 수 있었다.

그때였다. 병실의 문이 빼꼼히 열리고 누군가 어머니의 이름을 나지막이 부르며 들어왔다. 나는 직감으로 그가 친부라는 것을 알 수 있었다. 너로구나……. 너무 늦게 와서 미안하다. 이런 상황에는 어떻게 말을 하는 것인지 알 수 없는 나는 서둘러 어머니를 깨웠다. 어머니 일어나 보세요. 어머니 정신 차려 보세요. 어머니가 기다리시던 그분이 오셨어요. 내 말을 알아들었는지 실눈을 가느다랗게 뜨고 친부의 얼굴을 보기 위해 애쓴다. 하필 저런 모습으로 만나야 하다니! 어머니의 초라한 모습이 왠지 억울하다. 생각보다 말끔한 친부는 나와 비슷한 구석이 있다. 인정하고 싶지 않지만 풍기는 이미지가 퍽 많이 닮았다.

악어 떼에게 잡아먹히지 않고 늪을 빠져나왔어도 많은 물소는 죽음을 맞이한다. 악어의 단단한 이빨에 발목을 물린 물소들은 몇 발짝 걷지 못하고 쇼크사로 죽는다. 겁이 많은 새끼 물소들은 종종 늪에 뛰어들지 못하고 발만 동동 구르고 있는데, 시간이 지나 무리에서 낙오되면 죽을 운명에 처해질 수밖에 없다. 나약한 어린 물소가 무리를 따라가지 못하고 늪에 주저앉아 울고 있다. 새끼의 울음에 귀가 번쩍 뜨인 엄마 물소가 다시 지옥 같은 늪으로 몸을 던졌다. 아무도 듣지 못하는 울음을 엄마는 듣는다. 늪에서 빠져나와 제일 먼저 한 일이 어린 새끼를 찾는 일이었다. 무사히 새끼에게 당도했지만, 상황은 더 좋지 않다. 한 마리라도 더 욕심껏 물어

죽이기 위해 악어들이 눈을 번뜩이고 있다. 하지만 엄마는 새끼를 늪으로 밀어넣고 녀석을 보호하며 위험천만한 헤엄을 친다. 얼이 빠진 새끼 물소는 엄마의 지시대로 움직이며 무서워 발발 떨기만 한다. 거의 다 헤엄쳐 나왔을 때 신은 악어 떼의 손을 들어 주었다. 갑자기 무지막지한 비가 퍼붓기 시작한 것이다. 엄마 물소는 있는 힘을 다해 새끼를 늪 밖으로 밀어 올린다. 악어는 그 순간을 놓치지 않고 잔뜩 고개를 쳐든 어미의 목덜미를 야무지게 문다. 새끼는 발만 동동 구르고 어미의 죽음을 지켜보고만 있다.

어미는 피를 줄줄 흘리면서도 살고자 애쓴다. 눈앞에 두려움에 떨고 있는 새끼가 있기 때문이다. 눈물겨운 노력 끝에 늪에서 탈출한 어미는 이미 만신창이가 되었다. 발목은 겨우 붙어 덜렁거리고 목에서는 피가 솟구친다. 그 모든 광경을 잠자코 지켜보던 나는 어미 물소를 향해 총을 쐈다. 솜씨 좋게 가슴을 명중하여 한 방에 죽였다. 새끼 물소는 겁에 질려 제 무리를 향해 달음박질쳤다. 그때 처음으로 나는 헌터로서 방아쇠를 당긴 것이 아니라, 어미 물소의 마음으로 총을 겨누었다. 자신의 목숨과 맞바꾼 새끼 물소를 어서 빨리 무리에 합류시키기 위해서다. 새끼가 어미 물소의 죽음을 최대한 빨리 받아들이도록 만들어야 한다. 시간을 지체할수록 새끼는 물소 떼와 멀어지게 된다. 그렇게 되면 어미도 잃은 판국에 새끼의 안전은 보장받을 수 없다. 우리는 죽은 어미 물소를 차에 실었다. 그리고 박제를 해서 헌터들의 축제장에 선보였고, 그 새끼를 향한 절절한 사랑에 대해 오래오래 이야기를 나눴다. 박제품으로 남은 어미 물소는 죽고 없지만 헌터들의 이야기 속에서 살아 부활했다. 전리품으로 남겨진 어미 물소는 우리에게 사냥의 기쁨 외에 또 다른 감동을 남겨 주었다.

두 분 이야기 나누세요. 나는 병실 밖으로 나왔다. 아무렇지도 않을 거라 생각했는데 마음이 착잡했다. 아픈 어머니를 보면서 친부는 어떤 기분이 들까? 어머니는 지금쯤 희미하게 웃으며 그를 반기고 계실까. 이미 이별하며 살았던 두 분에게 이승과 저승의 작별이 큰 의미가 있을까 등등 여러 복잡한 생각들이 꼬리에 꼬리를 물고 이어졌다. 시간이 얼마나 흘렀을까. 어머니를 병간호하면서 잠이 모자랐던 나는 깜빡 잠이 들었다. 꿈속에서 나는 너른 초원 위에 서 있었다. 자신만만한 표정으로 수사자를 향해 성큼성큼 다가가고 있다. 녀석은 내가 등 뒤에서 겨누고 있는 것도 모르고 자신의 사냥 준비에 분주하다. 총구를 확인하는 찰나, 갑자기 멀리서 종소리가 들린다. 종소리가 나는 곳으로 시선을 돌리자 새까만 독수리 떼가 우르르 나를 향해 몰려온다. 나는 깜짝 놀라 잠에서 깨어났다. 나는 꿈에서도 어렴풋하게 어머니가 돌아가셨다고 느꼈다. 눈을 떠보니 수간호사가 나를 향해 뛰어오고 있다. 어머니가 위독하시다며 심정지가 한 번 왔으니 어서 가보라고 한다. 우습게도 어머니는 친부 앞에서 숨을 거두었다. 죽을 것 같으면서도 죽지 않았던 어머니가 친부 앞에서는 진짜 죽음을 맞이했다. 나는 어머니가 돌아가신 것이 꿈만 같아서 눈물도 나오지 않았다.

친부는 나의 등을 쓸어 주었다. 그제야 크헉 숨이 터져 나왔다. 네 엄마가 너를 자랑하고 싶어 나를 불렀다고 하더구나. 이렇게 잘 큰 모습을 보여주고 싶어서 죽기 전에 내 앞에서 마음껏 자식을 자랑하고 싶어서 불렀다고, 너를 잘 부탁한다고 당부하고 떠났다. 편안하게 눈 감고 갔으니 너무 마음 아파하지 말거라. 친부의 다독임에 나는 꾹 참았던 눈물을 떨구고 말았다. 불효자는 임종을 지켜보지 못한다고 하던데 나는 불효녀였던 것이다. 마음 한편으로 어머니가 원망스러웠다. 내가 보는 앞에서 나와 이야기를 나누고 작별하는 것이 올바른 절차라는 생각이 들었다. 담당의는 내게 조심스럽게 심폐 소생술에 대해 물었고, 나는 고개를 저었다. 가망 없는 싸움을 다시 청하고 싶지 않았다.

친부는 장례에 서툰 나를 대신해 이것저것 순서를 밟아 어머니를 배웅했다. 아직도 나는 두 분이 이별한 이유를 알지 못한다. 어머니가 말씀하지 않았을 때는 다 그럴 만한 사정이 있었을 거라 생각한다. 어머니가 가신 후에 어떤 일들을 새롭게 아는 것도 별로 달가운 일은 아니라서 모든 걸 기억에 묻고 이 땅을 떠나려고 한다. 유일한 가족이었던 어머니가 없는 곳에서 더는 머무를 이유가 없다. 그렇다고 30년 만에 만난 친부를 부양하고 싶지도 동정하고 싶지도 않다. 우리는 지금껏 그래왔듯이 모른 척 살면 그만인 인연이지 않은가.

　나의 어머니가 물질적인 큰 부를 선물해 주지는 않았어도, 나는 어머니가 좋았다. 외국에 나가 있어도 어머니는 나를 위해 신께 무릎 꿇고 기도했고 사냥터로 향하는 날이면 잠 한숨 자지 않고 내 걱정을 하던 사람이다. 총을 들고 다니는 것이 늘 마음에 걸린다며 다른 일은 할 수 없는 거냐 물었고, 온전치 못한 자신과 부족한 사랑으로 내가 힘들지는 않을까 늘 노심초사했다. 내가 성공을 거머쥐고 살아도 어머니는 나에 대한 염려를 떨쳐 버리지는 못했을 것이다. 언젠가 엄마는 나의 직업에 대해 물었고, 나는 트로피 헌터에 대해 설명한 적이 있다. 아주 자랑스러운 거예요. 연말에 드라마에서 연기 잘하는 연예인들 트로피 주는 거 보셨죠? 기념하는 거예요. 나의 멋진 사냥을! 사나운 맹수 앞에서도 우리는 총구를 겨누고 한판 승부를 펼치죠. 나는 내가 하는 일이 무척 자랑스러워요. 어머니는 가만히 듣고 있다가 자꾸 짐승을 죽이면 안 된다는 말을 했고, 총을 들고 다니는 것이 영 꺼림칙하다고 얘기했다. 어머니는 그냥 그렇게 순박한 사랑을 주던 좋은 사람이었다. 난데없이 나를 끌어안더니 아가, 넌 나의 가장 고마운 트로피야! 내 인생을 기념해주는 사람은 너밖에 없으니 에미 말 명심하고 절대로 사냥터에서 다치지 말아야 한다.

떠나는 순간, 가장 그리웠던 사람에게 어머니는 자신의 멋진 트로피를 넘겨주고 싶었던 것일까. 공항에서 출국 수속을 하고 대기하고 있는데 전화벨이 울린다. 친부였다. 나는 미리 이동전화의 전원 스위치를 끄지 않은 것을 후회하지만 피할 이유도 없다. 오늘 출국하는 날이지? 지난번에 들었던 게 맞다면 오늘이 떠나는 날인 것 같아서 연락했다. 부디 몸조심하고 잘 다녀오너라. 언제고 어머니가 그리우면 찾아오렴. 나를 찾아주면 고맙고……. 그쪽도 차마 아버지라는 말은 사용하지 못했다. 아빠를 찾아오렴, 아버지에게 연락해라, 애비가 기다릴게, 라고 말했다면 화가 났거나 짜증이 치밀었을 것이다. 나는 알겠노라 답했고, 우리의 통화는 종료되었다.

다시 이곳을 찾을 일이 있을까? 내 어머니와의 추억이 곳곳에 서려 있는 이 땅을 용기 있게 다시 밟는 날이 오려나? 무엇도 약속할 수 없다. 복잡한 내 마음을 아직 나조차 모르겠다. 당신의 트로피가 될 수 있었던 지난 세월이 그저 감사할 뿐이다. 어쩌면 나는 다시 총을 쥐지 않을지도 모르겠다. 위험한 사냥터에 내가 나가지 않는 것이 차마 내게는 말하지 못했던, 어머니의 마지막 소원이라는 생각이 든다. 어머니에게 서둘러 닥친 불운 또한 너무 많은 생명을 죽인 내 죄 때문이란 자책도 든다. 이제는 그냥 당신만의 빛나는 트로피로 살아도 괜찮겠다는 생각을 하며 비행기를 타기 위해 걸음을 재촉한다.

부활

떠나고 싶은 자와 보내줄 수 없는 자.
그 사이에 박제꾼의 녹록지 않은 삶이 숨어 있다.

날카로운 송곳니가 도드라진 녀석은 혀를 길게 빼고 죽어 있었다. 사냥개에게 물려 코끝이 조금 손상되기는 했지만 피부 표면이 많이 까지지는 않았다. 모처럼 박제하기에 알맞은 녀석을 들인 셈이다. 목을 잘라, 머리와 몸통 두 부분으로 나누고 내장을 먼저 제거하고 작업에 들어가면 된다. 지방층이 두껍다고 손질을 게을리하다 낭패를 당하곤 하는 게 바로 멧돼지다. 조심스럽게 가죽이 다치지 않도록 살살 손질해 나가야만 훌륭한 박제품이 완성될 수 있다. 허연 창을 드러내고 죽은 녀석은 살아생전의 모습과 가장 흡사한 눈알을 박고 새로이 부활할 것이다. 박제의 생명은 눈이다. 살아있는 듯 번뜩이는 눈알을 박아 넣는 것이 중요하다. 생기 없는 눈알은 녀석의 죽음을 증명한다. 허나 총기가 서린 눈알 하나만 박아 넣으면 녀석이 박제품인지조차 구별할 수 없을 만큼 완벽해진다. 눈알을 고르는 작업에 내가 늘 진중한 이유이기도 하다.

어린 시절, 아버지는 박제품 수집광이셨다. 처음 예쁜 병아리들이 옹기종기 모여 어미 닭과 함께 있는 박제품을 집에 들였을 때, 난 박제에 홀딱 반해버렸다. 박제된 귀여운 병아리들은 모이를 주지 않아도 되었고 때마다 깨끗하게 물을 갈아줘야 하는 성가심도 없었다. 지저분하게 똥오줌을 갈기지도 않았으며, 징글맞게 쑥쑥 자라지도 않고 늘 삐악삐악 세상에서 제일 어여쁜 얼굴로 어미 닭 곁에 올망졸망 모여 앉아 사랑스러움을 맘껏 뽐내고 있었다. 어미 닭과 함께 가장 행복한 순간이 박제되어 그들의 죽음은 사뭇 행복해 보였다.

그런 아버지가 박제를 배우기 위해 전문 학원을 찾은 후에는 박제품을 사오지 않으셨다. 자기 꼬리가 세상에서 가장 멋지다고 믿는 공작새며 부리부리한 눈이 매력적인 수리부엉이까지 박제품을 열심히 사다 나르시던 아버지가 더는 박제품에 관심을 보이지 않으셨다. 아버지로 인해 박제품에 대해 관심을 갖게 되었던 나로서는 아버지의 갑작스런 무관심이 퍽 당황스러운 것이었다. 훗날 전해들은 아버지의 고백에 따르면 아버지가 학원을 찾았던 날은 양을 박제하는 날이었다고 한다. 마취를 한 상태였지만 극심한 고통에 양은 마취에서 진저리치며 깨어났고 홀딱 가죽이 벗겨진 양의 눈에서는 하염없이 눈물이 뚝뚝 떨어졌다고 한다. 진짜 피눈물을 본 셈이라며 다시는 박제품을 보고 싶지도 않았다고, 그것을 수집한 것이 얼마나 잘못된 일인지 깨닫게 되었다며 고해성사하듯 말씀하셨다.

노란 병아리들의 내장을 걷어낼 때, 여린 생

명들은 삐악 소리 한번 내지르지 못하고 죽어 갔겠구나. 부엉이의 부리부리한 가짜 눈이 더욱 선명하게 빛나던 밤. 나는 공작새의 멋지게 펼쳐진 긴 꼬리를 매만지며 왜 한 번도 녀석들의 뱃속에 무엇이 들어있을까 생각해 보지 않았는지 스스로에게 의구심을 품었다. 하지만 실체를 보지 못해서일까? 나는 더는 수집되지 않는 박제품들에 더욱 애착을 가지게 되었다. 아버지의 사랑 밖으로 밀려 난 박제품들은 거실 중앙에서 서재로, 서재에서 창고로 밀려나게 되었다. 아버지는 지인분께 박제품을 넘기고 싶어 했지만 나의 부탁으로 인해 집 안에 두게 되었다. 어린아이답지 않게 말했던 걸로 기억한다. 제겐 가족과 같은 아이들이에요, 저 아이들은 제가 외로울 때 친구가 되어 주었던 소중한 동물들이라고요. 제발, 쫓아내지 말아 주세요.

돌이켜보면 나는 어린 시절, 방에서 인형을 가지고 논 적이 없다. 창고 한편에서 병아리와 대화를 했고 어미 닭에게 낭랑한 목소리로 동화책을 읽어 주었다. 부엉이에게 수문장 노릇을 맡겼고, 공작새가 있는 것을 큰 자랑거리로 떠들고 다녔다. 우리 집에 온 또래 친구들은 하나같이 자기네들 집에는 없는 박제품들을 보며 탄성을 자아내며 감탄했고 나는 그렇게 으스대는 게 좋아서 자주 친구들을 불러 들였다. 그러던 어느 날. 나는 실망스러운 경험을 하게 된다. 우리 집에 초대된 녀석이 나의 박제품들을 관람하고는 에이~ 시시해, 라고 정말 시답지 않다는 듯 깐죽댔다. 녀석은 내 귀에 대고 속삭였다. 우리 집에는 푸른 눈의 늑대가 박제되어 있단다. 너 늑대 알지? 우리 집에 있는 늑대는 그냥 늑대가 아냐! 푸른 눈을 가진 아주 멋지고 특별한 늑대라고! 나는 강렬한 호기심에 눈을 동그랗게 떴다. 내 눈에 비친 부러움을 읽어낸 듯 녀석은 더욱 의기양양해진 목소리로 말했다. 아우~~ 하고 우는 늑대 말이야. 네가 보고 싶다면 얼마든지 보여줄게! 대신 저 어미 닭을 내게 줘. 안 될 말이었다. 어미 닭은 비록 박제가 되긴 했지만 어미 닭답게 병아리들과 함께 해야만 했다. 어미 닭을 줘 버리는 건 병아리들에게서 엄마를 빼앗는 것과 같다. 저 올망졸망한 새끼들이 엄마를 잃는다면 날갯죽지를 접고 시름시름 병들어 버릴 것만 같았다. 병아리 엄마의 자리를 지켜내야만 했다. 난 퉁명스럽게 답했다. 보여주지 않아도 돼. 그까짓 것, 우리 아빠에게 이야기하면 얼마든지 볼 수 있는 걸! 녀석은 살짝 코를 찡그리며 밉살스러운 표정을 지었다. 그리고 더는 협상할 마음이 없다는 듯 차가운 말투로 그렇게 해 그럼, 이라고 답했다.

아버지라면 푸른 눈의 늑대를 보여줄 수 있을 거라 믿었다. 혼자 부푼 마음으로 푸른 눈의 늑대를 상상하며 아버지의 늦은 귀가를 기다렸다. 그날, 퇴근해 들어오시는 아버지를 보자마자 조른 것이 화근이었다. 늑대 박제를 보여 달라고 생떼를 쓰는 것이 못마땅했던 아버지는 저벅저벅 창고로 걸어들어가 부엉이를 냅다 집어 던져 버렸다. 사정해 볼 틈도 없이 눈 깜짝할 사이에 일어난 일이었다. 부엉이는 힘없이 바닥에 뒹굴었고 박살 난 한쪽 눈알은 누가 봐도 영락없는 가짜 부엉이였다. 넘어진 부엉이를 안고 펑펑 울었다. 나의 소중한 수문장에게 무자비한 폭력을 가한 아버지가 싫었고, 푸른 눈의 늑대를 자랑했던 녀석이 미웠으며 그깟 푸른 눈의 늑대에 홀려 나의 부엉이의 눈을 상하게 한 어리석은 내가 싫어서 엉엉 울었다. 일이 있고 난 후, 나는 결심했다. 푸른 눈의 늑대보다 크고 멋진 박제품을 반드시 내 손으로 만들겠다고. 더는 부리부리 빛나지 않는 부엉이의 눈을 보면서 서글프게 다짐했다.

고등학교를 졸업하고 부모님의 동의도 구하지 않은 채 아르바이트를 시작한 것도 순전히 박제를 배우고 싶었기 때문이다. 박제를 배워 직접 만들 수만 있다면 부엉이의 눈을 새로 해주고 싶었다. 애꾸눈의 부엉이는 늘 내 목울대에 걸려 있었다. 나로 인해 멍텅구리 눈을 가지게 된 부엉이가 진심으로 가여웠다. 하지만 박제된 것을 보수하는 일은 새롭게 박제를 하는 것보다 훨씬 힘든 일이었다. 정교하고 세심한 작업이었고 실패의 확률이 큰 도박과 같았다. 모 아니면 도, 식으로 녀석을 위태롭게 만들 수는 없는 일이다. 수리부엉이는 애꾸가 되었지만 내겐 더할 나위 없이 든든한 수문장이었고 그것이면 족했다.

박제를 위해 사냥된 비둘기는 외상이 없이 아주 깨끗했다. 처음부터 경험도 없이 큰 동물을 다룰 수는 없기 때문에 작은 비둘기부터 박제를 시작했다. 녀석의 속을 도려내는 일이 생각보다 쉽지 않았다. 가죽이 다치지 않게 벌벌 떨리는 손으로 작업을 하는데 비릿하고 역겨운 냄새 때문에 여러 번 숨을 참아야 했다. 순하게 생긴 녀석은 다시 창공을 가르며 날 수는 없어도 날개를 쫙 편 멋진 자세로 박제되어 보는 이로 하여금 자유로움을 느끼게 해 줄 것이다. 날카로운 칼로 지방층을 얇게 떠냈다. 초보자치고는 손놀림이 안정적이라는 평가를 들으며 첫 수

업을 순조롭게 마쳤다. 그렇게 나는 세월 속에서 비둘기, 토끼, 노루를 박제했고 지금은 공동 작업으로 멧돼지를 작업하는 제법 실력을 갖춘 인재가 되었다.

우리 조에는 탈북 여성이 있다. 마음껏 찬송가를 부르고 싶어 국경을 넘었다고 했다. 조마조마해 하지 않고 마음 편히 예배를 보고 싶어서 탈북을 결심했다는 그녀는 박제를 하면 큰돈을 버는 줄 알고 수소문해서 학원을 찾았다고 했다. 굶주림에 지쳐 남한행을 택했다는 새터민은 많이 봤지만 예배를 보기 위해 탈북한 사람은 처음이라 그녀의 탈북 동기에 고개가 갸웃거려졌다. 말 못 할 다른 이유가 있는 건 아닐까. 배고프고 희망이 없는 나라에 태어난 것만으로도 원통한 일인데 자신을 내던진 신을 향해 어떤 마음으로 예배를 볼 수 있을까. 그것은 과연 신실한 신앙심일까. 의심부터 앞섰다.

북한에서는 유능한 박제사들이 큰돈을 만진다며 북한 여자는 언젠가 한번 그들의 우상이 박제된 모습을 보았다고 했다. 실제로 북에는 박제 전문 기술팀이 유지되고 있으며 세계 최고 수준을 자랑한다고 말했다. 그녀가 생각하기에 남한에서도 큰일을 하거나 국가에 공을 세우면 박제를 하는 줄 알았단다. 생각보다 벌이는 약하지만 해볼 만하다며 그녀는 제법 열심히 수업을 잘 따랐고 겁이 없는 그녀의 대범한 성격은 박제를 하기 안성맞춤 같아 보였다. 돼지의 멱을 따는 일에도 그녀는 스스럼이 없었다. 산 것도 아닌데 이런 건 일도 아니라며 쓱쓱 칼질을 할 때 오히려 눈을 감는 건 내 쪽이었다. 그녀는 서두르지 않고 세밀하게 작업하는 스타일이었고 완성품들은 하나같이 생생하게 숨을 찾은 듯 멋졌다. 로드킬 당한 노루도 그녀의 박제에서는 두 다리를 꼿꼿하게 선 채 초롱초롱 맑은 눈망울로 주위를 살피고 있었다. 멧돼지 박제가 끝나던 날, 우리는 하나같이 그녀의 공이 가장 크다는 것을 암묵적으로 인정해야만 했다.

시체 강간이 유행했던 때가 있었다지요, 북

한 여자는 건조하게 말했다. 그때 박제가 제일 재미를 봤다며 생전 처음 듣는 잔인한 얘길 꺼냈다. 상대가 숨이 붙어 있을 때 항문을 통해 2.5cm 짧은 관을 넣고 날카로운 갈고리를 쑤셔 넣은 채 장을 싹싹 긁어냈다고 하더만요. 모두가 뜨악한 표정으로 북한 여자를 쳐다보았으나 그녀는 전혀 개의치 않고 말을 이었다. 그럼 몇 시간 안에 피를 많이 흘려 죽게 되는데 시체를 곧게 매달아 피가 관을 통해 빠져 나오게 하는 방법을 썼드래요. 가장 깨끗한 시체를 얻는 방법이라고 하던데, 동무들은 다 몰랐나 보오? 상상만으로도 구역질이 났다. 끔찍한 이야기를 자연스럽게 뱉어내는 것도 북한 여자가 가진 언술 중의 하나였다. 알기요? 내래 알기로는 김일성이도 혁명 동지들과 함께 열사릉에 묻어 달라 했다 들었소. 금수산에 누웠는 김일성이도 박제를 원한 게 아니라 박제 당한 거라 하더만요. 박제를 당했다는 표현이 듣기 거북했다. 나의 샛노란 병아리와 어미 닭은 불행을 행복으로 가장

한 채 박제 당한 것일까? 갑자기 소름이 끼쳤다.

　요즘 가장 많은 작업 요청이 들어오는 것 중의 하나가 반려견을 박제하고 싶다는 문의이다. 우리나라 1세대 애견인들이 자신의 사랑했던 반려견을 떠나보내며 평생 아이를 추억하기 위해 박제를 원한다고 했다. 항상 집에서 꼬리 치고 반기던 녀석의 부재를 받아들이기 힘든 애견인들은 수준급의 박제사를 찾아서 박제를 의뢰하고 있다. 쌔근쌔근 숨이 붙어 있지 않더라도 완벽하게 복구만 된다면 괜찮은 걸까? 짖는 소리가 들리지 않아도, 녀석의 꼬리가 살랑거리지 않아도 상관없는 걸까? 혀를 날름거리며 먹이를 먹지 않아도 껑충껑충 뛰며 반가움을 표현하지 못하더라도 괜찮은지 묻고 싶었다. 녀석의 입장에서도 그렇게 박제된 모습으로나마 충성스럽게 주인 곁에 남고 싶을까? 처음으로 진지한 고민을 해 봤다. 북한 여자 때문이었다. 섬세한 그녀를 많은 총포사 주인들은 추천했고 그때마다 그녀는 하고 싶지 않다고 짧게 답했다.

사랑했다면 그대로 묻어주는 것이 맞다고, 가족 같다면 반려견을 보내주어야 한다고 답했다. 남아 있는 사람들의 헛된 욕심이라고 살래살래 고개를 저었다. 숙련된 솜씨의 날렵한 그녀도 가족이라는 이름 앞에서는 칼을 쥐지 못했다.

의로운 소가 있었다. 자신을 살뜰하게 챙기던 할머니가 돌아가시자 네 살 된 소는 할머니의 영정 사진을 핥고 음머음머 애통하게 울었으며 할머니의 무덤가를 찾아가 많은 사람에게 감동을 전해 주었다. 전파를 탄 감동적인 사연 덕에 소가 살아 있을 동안 사료를 지원해 주겠다고 했으며, 예방과 치료를 전적으로 약속한 수의사와 동물병원까지 생겼고, 그런 감사한 마음들이 모여 소는 19년의 세월을 편안하고 안락하게 살다 죽었다. 성대하게 장례식까지 치른 녀석에게 미련을 버리지 못한 사람들은 소를 묻은 지 20일이 지난 후, 다시 소를 무덤에서 끄집어냈다. 소의 효 정신을 기리기 위해서라도 박제하여 후세에 남겨야 한다는 것이 그들끼리 내린

지당한 결론이었다. 살아생전에는 할머니가 그리워 잠들지 못하고 무덤가에서조차 영면을 취하지 못한 녀석은 이기적인 사람들로 인해 파헤쳐졌다.

20일이 지난 소는 이미 스멀스멀 부패가 진행된 상태였다. 북한 여자는 그곳에 함께했다고 한다. 그 역겨운 냄새가 아직도 또렷하게 기억난다며 그것은 소가 뿜어내는 냄새가 아니었다고, 인간들의 몸에서 나는 썩은 내라고 이야기했다. 썩어져 버린 살점들 덕에 온전한 복원은 처음부터 힘들었고 얼기설기 짜깁기하듯 엮어진 소의 사체를 더 이상 사람들은 찾아오지 않았다고 한다. 의로운 소를 사람들은 의롭지 못하게 보내 주었다.

북한 여자는 말했다. 무어가 다르냔 말입니까. 북한 사람들이나 남한 사람들이나 이기적이고 못된 거 다 똑같지 않냐 말입니다. 하며 남한 사람인 내게 톡 쏘며 말했다. 왜 그 일을 했느냐고 물었다. 거절도 잘 하는 그녀가 구태여

의로운 소 박제에 합류한 까닭이 궁금했기 때문이다. 그는 조금의 망설임도 없이 속사정을 말해 주었다. 왜긴 왜갓어요. 모다 돈 때문이지. 지금도 돈이 필요한 건 맞지만 당시만큼 절박하진 않다고 했다. 중국인 브로커에게 여동생을 맡기고 온 터라 마음이 급해 그랬다며 지금은 생사조차 확인되지 않고 연락도 두절된 상태라고 애써 아픔을 감추듯 담담하게 말했다. 그녀도 가족이라는 이름 앞에서는 무너지고 마는 여자라는 걸 새삼 알게 되자 그녀의 다분히 도전적인 말투도 귀에 거슬리지 않았다. 탈북을 계획한 날, 동생은 홀로 남기를 원했다며, 기도를 하고 신의 목소리를 들은 여동생은 이곳에 남아 할 일이 있으니 가족들 먼저 떠나라고 작별을 고했단다. 남은 일을 마무리하고 뒤따른다던 동생은 후에 남은 교인들과 움직였지만 안전한지 여부는 확인이 되지 않는다고 말했다. 착한 마음으로 열악한 환경에서도 기도하고 찬송하기를 멈추지 않는 저들을 향해 신은 어떤 보상을 주었는가. 과연 그들의 기도를 듣고는 있는 것일까.

지인의 부탁으로 원숭이 박제를 의뢰받았다. 시베리아산 원숭이인데 애완용으로 애지중지 기르던 아이라고 했다. 시베리아산 원숭이의 살아생전 사진들을 탁자 위에 쭉 늘어놓으며 녀석이 얼마나 자신에게 소중한 존재인지 설명하려 애썼으나 귀에 잘 들어오지 않았다. 막상 녀석의 주검을 받아 들고 나니, 왠지 자신이 없었다. 사람과 너무도 흡사하게 닮은 그의 생김은 뭔가 거부감이 들게 만들었고 녀석의 손가락을 본 순간 창조론이 아닌 진화론을 확신해 버린 나였다. 녀석의 손가락에서 지문을 확인하는 순간 나는 그 작업이 썩 내키지 않아졌다. 너무 사람 같아서 싫었고, 슬슬 예전의 아버지처럼 박제라는 관심사에 염증을 느끼고 있던 터였다. 놓치기 아쉬울 만큼 보수는 상당했지만 나는 끝내 거절했다. 그는 답답한 듯, 통사정하는 투로 녀석을 완벽하게 복원할 만한 실력자를 소개시

켜 주길 원했고 나는 북한 여자가 생각났다. 탈북자 정착 지원금이 바닥나 요즘 생활이 많이 힘들다는 이야기를 얼핏 전해들은 것도 같았다. 나는 잠시 망설인 끝에 그녀에게 전화를 걸었고 원숭이 박제에 대해 상의했다. 그녀가 거절을 하지 못하도록 만족할 만한 금액을 묻기도 전에 미리 힘주어 말했고, 완성품이 마음에 들 경우, 더 많은 금전적인 보상이 있으리라는 이야기도 잊지 않았다. 그녀는 하갓어요, 라고 답해 주었다. 그녀라면 잘 해낼 수 있을 것이다. 대범한 그녀라면 원숭이 박제쯤은 일도 아니다. 그렇게 믿었다.

전지전능한 신이 나를 통해 사랑을 베푼 것이라 믿었다. 물질적으로 궁핍했던 그녀가 벌이가 괜찮은 일을 하게 되었으니 얼마나 다행스러운 일인가. 신이 그녀의 기도에 응답을 하고 있는 것이라 생각하니 공연히 기분이 좋아졌다. 내가 신과 그녀의 사이를 잇는 중간다리 역할을 하고 있다는 생각도 들었고, 북한 여자를 위해 무언가를 해 줄 수 있다는 것이 마음 뿌듯했다. 나는 초등학교 시절 크리스마스 때만 교회에 갔고, 중학교 때는 예쁜 교회 누나를 만나러 예배당을 찾았다. 교회 누나는 드럼을 아주 잘 치는 훈녀였는데 나 말고도 많은 친구들이 누나의 드럼 다루는 솜씨에 반해 교회를 찾았다. 빼어난 인물과 재능으로 뭇 남학생들을 전도한 인물이다. 고등학교 때부터 나는 입시에 치여 교회는 나가지 않게 되었고 가끔 새 신자를 환영하며 나누어준 성경책이나 찬송가를 볼 때면 잔잔하게 예배당 풍경이 머릿속에 스쳐 지났을 뿐이다. 필요가 없어진 성경책과 찬송가였지만 버려지지는 않았다. 막상 정리를 하려고 하면, 언젠가는 다시 예배를 볼 일이 있을 것 같아 내버려두게 되었다. 그렇게 교회와 종교는 내게서 멀어져 갔다. 북한 여자는 신을 미워한 적이 없을까? 고단한 인생을 선물한 신에게 그녀는 무엇을 감사하며 살고 있을까. 북한의 예배당에서 감사 기도를 드릴 수 있는 사람이 있을까. 북한 여자를 생각하면 이렇듯 불쌍한 마음이 앞서는데 왜 신은 신실한 그녀를 보살펴주지 않으시는 걸까.

그 무렵 나는 새롭게 연애를 시작했고 박제를 끔찍스러워하는 여자 친구를 만나 차츰 박제하는 일을 정리하고 있을 때였다. 나의 사랑스러운 노오란 병아리도, 소중한 부엉이도, 어여쁘게만 보이는 공작새도 그녀는 모두 싫다고 야속하게 고개를 저었다. 혼자 살게 된 원룸에는 녀석들이 함께 동거하고 있었고 그녀는 그 녀석들 때문에 집에 오는 일이 망설여진다고 했다. 술에 거나하게 취해 들어온 저녁, 서로에게 이끌려 사랑을 나누는 순간에도 녀석들의 눈을 보곤 소름이 끼쳤다며, 자기야, 걔들 너무 살아 있는 것 같아서 싫어. 버렸으면 좋겠어. 악몽 같았어. 끔찍했단 말이야, 라고 말했다. 그녀는 둘만의 은밀한 공간에서도 애써 목소리를 낮추고 주변을 살피며 비밀스럽게 말을 이었다. 나의 원룸은 수리부엉이가 부엉부엉 영원히 잠들지 않는 집이라고 했다. 오빠 집에 가면 삐악삐악 병아리 소리가 들리는 것 같다고. 정말 싫어. 내가 이렇게 싫다는데 그까짓 박제에 왜 그리 집착하는 거야. 그녀는 따지듯 묻곤 했다. 내게 박제 병아리는 유년이었다. 수리부엉이는 청년기의 소통이었으며, 공작새는 자존감 그 이상의 것이었다. 그렇다고 예식을 앞둔 그녀를 포기할 수도 없는 노릇이었다. 그녀는 나의 내일이고, 미래였으며 함께 늙고 싶은 유일한 여자였으니까. 나는 박제와 관련된 모임에 참석하지 않았고 되도록 그녀와 호텔을 찾아 잠자리를 즐기는 것으로 잡음을 최대한 줄여가고 있었다. 아직은 연애 중이었기 때문에 녀석들을 정리하는 일에 시간을 벌 수 있었다.

불현듯 잊고 지냈던 북한 여자에게 연락이 왔다. 그녀는 덕분에 돈벌이가 좋았지요, 라며 식사를 대접하고 싶다고 제안했고, 나는 그녀의 청을 거절하지 않았다. 내 입장에서도 그녀가 고마운 건 매한가지였다. 지인의 부탁을 거절할 수도 없는 마당에 그녀가 나서주지 않았다면 관계가 껄끄러워졌을지도 모를 일이니까. 그녀의 입에서 강남의 고급 일식집 이름이 거론되는 것이 퍽 생경스러웠다. 그곳을 어떻게 아느냐고, 비싼 곳이잖아요 하니, 브로커들 접대하면서 알아 둔 곳이라고 내도 쓸 땐 쓰지요, 라고 수줍게 말을 받았다. 아마도 동생과 관련한 핵심 브로커를 접대할 때 방문한 곳인 듯하다. 그녀와 약속을 정하고 통화를 끝냈다.

이번에는 원숭이 박제를 의뢰했던 지인이 전화를 걸어왔다. 너무 완벽하다고, 준코는 다시 태어났다고, 고맙다고 호들갑스럽게 인사했다. 그녀의 손에서 완벽하게 부활했다며 감탄을 연발했다. 녀석의 이름이 준코라는 것도 나는 처음 알았지만 준코의 환생을 축하한다고, 그것이 박제의 매력이라고, 마음의 위로가 되신다니 정말 다행이라고 말을 마쳤다. 전화를 끊고 다시금 준코의 얼굴을 그려 보았다. 속눈썹이 길고 치아가 유난히 가지런했던 준코. 박제가 되어 가족들과 다시금 재회하게 된 녀석은 지금 행복할까? 불행할까? 저 멀리 떠난 준코의 마음이 도통 읽히지 않아 혼란스럽다. 준코는 그가 쥐고 있던 생명선이 진짜라고 증명하듯 원숭이로서는 천수를 누리며 살았다. 떠나고 싶은 자와 보내줄 수 없는 자. 그 사이에 박제꾼의 녹록지 않은 삶이 숨어 있다.

그녀와 깔끔한 일식집에 마주 앉았다. 고급스러운 실내 인테리어는 음식의 품격까지 덤으로 높여 주고 있었고, 깔끔하고 정갈한 스시들이 입에 맞았다. 앞으로도 박제 일을 계속하실 건가요? 저는 결혼을 앞둔 여자 친구의 반대가 심해서 그만 일을 접으려고 해요. 이제 전공을 살려 안정적인 직장 잡아 취직도 해야 하구요. 내도 이제 고만 일 없습네다. 한 번만 더 하면 되는데 그것이 힘이 많이 드는 일이라 결정치 못하고 있지요, 라고 답했다. 이번에도 역시 돈 때문인가요? 나는 야들야들한 문어숙회를 씹으며 별 관심 없이 물었고 그녀는 대답 대신 고개를 주억거렸다. 북한에는 도와주어야 할 식구들이 많습네다. 한배에서 태어나야만 가족은 아니지요. 우리는 함께 예배하고 주님을 영접하며 힘든 삶을 택한 가족이란 말이지요. 같은 마음으로 예배한 예배자이지요. 찬송 한 구절도 소리 내어 못 불러요. 성경 말씀 한 줄도 마음속으로 읊조립니다. 그런 열악한 환경에서도 우리는 서로를 위해 기도해요. 모든 것을 내려놓고 그저 주님만 바라보며 간절히 기도하지요. 어떻게 그럴 수 있을까. 먹고사는 일조차 해결되지 않는 상황에서 기도라는 단어는 너무 사치스럽게 들렸다.

요즘 그녀의 꿈에는 준코가 등장한다고 했다. 잘 까불고 놀다가 설핏 잠이 들어 버리는데 곤히 잠이 들면 안 될 것 같은 마음이 들어 자꾸 흔들어 깨우다가 꿈에서 깨곤 한다며, 녀석을 흔들어 깨울 때마다 마음이 늘 안쓰럽다고 했다. 아마도 준코는 박제되기 싫었던 것 같다며 말했다. 내가 잠을 깨운 거지요. 고단해서 자고 싶은데 날래 성가시게 깨운 모양입네다. 자꾸 준코에게 미안스러워요. 말을 마친 그녀는 세 발 낙지를 젓가락으로 야무지게 돌돌 말아 으적으적 씹어 먹었다. 럭셔리하게 랍스타 회를 끝으로 우리는 식사를 마쳤고 그 바닥을 떠난 내게 그녀의 소식은 전해지지 않았다. 때때로 내게 박제 의뢰가 들어오긴 했으나 나는 단번에 거절했다. 내가 하지 못하는 일을 벌이가 짭짤하다는 이유로 누군가에게 권하지도 않았다. 북한 여자에게 괜한 짐을 떠넘긴 것 같은 씁쓸함이 남아 있는 까닭에 절대 나서서 소개하는 오지랖은 떨지 않았다.

예식을 앞두고 나는 바빴다. 신혼집을 구하고 박제품을 들이기를 간청해 보았으나 그녀는 쌀쌀맞게 거절했다. 지금 자신의 거절에 한 번 기분 나쁜 것이 현명한 판단이라고 했다. 오빠와 두고두고 다투지 않기 위해서라도 자신의 강경한 뜻을 절대로 굽힐 수 없다며, 똑소리 나는 성격답게 여지를 남기지 않았다. 녀석들을 품에 안고 어머니를 찾았으나 어머니도 아버지의 눈치를 보느라 나의 애장품을 받아 줄 수 없는 처지였다. 이제 그들과 결별을 해야 할 시점인 듯싶었다. 쉽게 놓아지지 않는 나의 추억들, 안타까운 마음을 누구도 몰라주어 나는 슬펐다. 내가 애착을 가지고 있는 애꾸눈 수문장이 떠난다면 그녀는 속이 시원하겠지만 나는 헛헛하고 외로워질 것이다. 나는 그네들에게 최대의 예의를 지켜주고 싶었다. 행복을 가장하고 박제된 채 내 품에 오롯이 들어와 나와 함께한 아이들을 어디로 입양 보낼 수는 없는 노릇이었다. 내 손에서 녀석들의 삶에 종지부를 찍는 것이 옳다.

북한 여자의 사연은 뜻밖에 대대적으로 텔레비전을 통해 듣게 되었다. 중국인 브로커에게 거액의 돈을 받고 그녀는 위험한 거래를 시도했다. 그 야비한 놈은 자신의 정부를 인간 박제해 줄 것을 원했고 북한 여자는 순전히 돈 때문에 그 제의를 받아들여 박제를 시도했다고 아나운서는 사건의 전말을 보도하고 있었다. 여기저기서 플래시 세례를 받고 있는 그녀는 호송줄에

꽁꽁 동여매진 채, 결박당한 몸으로 고개를 숙이고 있었다. 귀에 익은 음성과 박제광이었다는 그녀의 전적이 밝혀지지 않았다면 나는 알아보지 못했을 것이다. 인간 박제는 처음이십니까? 단지 돈 때문이었나요? 피해자 가족들에게 한마디 해 주시죠. 지금 심정은 어떠십니까? 이미 죽어 있던가요? 공범과는 어떤 사이입니까? 미친 듯이 쏟아져 오는 질문에 그녀는 단 한마디도 하지 못했다. 불현듯 원숭이 박제가 화근이 되었다는 생각이 들었다. 영장류 중에서 사람과 가장 흡사한 원숭이 박제를 한 경험 때문에 불미스러운 일에 연루된 것이라는 생각이 미치자 갑자기 가슴이 꽉 막혔다. 그녀는 인간을 박제할 만큼 양심 없는 여자가 못 된다. 반려견 박제도 하지 못했던 그녀가 어찌 사람을 박제할 수 있단 말인가. 북한이라는 가난한 나라에 태어난 것도 불평하지 않았던 그녀다. 자신에게 주어진 한스러운 처지조차 신께 감사했던 그녀가 아닌가. 가혹한 운명을 준 주님을 가슴으로 영접하며 찬송가를 부르던 그녀를 향해 누구도 감히 돌을 던질 수 없다. 브로커는 분명 동생의 안부를 앞세워 그녀를 집요하게 설득했을 것이다. 외면할 수 없는 가족이라는 이름 앞에서 그녀는 눈을 질끈 감고, 인간 박제를 결심했을 것이다. 지금 내가 저 보도 현장에 있다면 이 여자는 아무 죄가 없습니다. 모두가 동생 때문인 걸요, 분명 브로커에게 협박을 받았을 겁니다, 라고 대변해 주었을 것이다. 일식집에서 말했던 한 번만 더 하면 되는 결정하기 힘든 일이 바로 이것이었구나! 가엾은 그녀는 동생을 볼모로 잡고 있는 브로커를 향해 대항할 힘이 없었던 것이다. 나는 나도 모르게 오오 주님, 어찌하여 그녀를 버리시나이까, 라는 탄식이 튀어 나왔다.

북한 여자의 이름은 김정애였다. 들어보니 들은 것도 같은 이름. 이동 전화에도 그녀의 이름은 '북한 박제'라고 저장되어 있었다. 박제를 통해 알게 된 그녀와의 친분은 그리 중요하지 않았고, 준코를 제외하고는 서로 낯을 익힐 만큼

각별한 사이도 아니었으므로 '북한 박제'라는 이름이면 족했다. 김정애는 모든 것을 체념한 듯 아무 말도 없었다. 원숭이 박제를 제의했을 때도 김정애는 돈 앞에 무너졌을 것이다. 교활하게 돈으로 나는 그녀를 옴짝달싹하지 못하게 만들었고, 성공적인 원숭이 박제가 그녀의 정교한 기술을 증명한 것은 아닐까. 텔레비전에 비춰지는 사건에 나도 연루되어 있다고 생각하니 진절머리가 났다. 김정애는 법무부 차량에 강제 호송 당하면서도 오로지 동생의 안위만을 걱정하고 있을지 모른다. 자유와 행복을 찾아 탈북했지만 그녀는 남한에서 자유롭지도 행복하지도 않았던 셈이다. 그녀를 태운 법무부 차량은 수많은 기자들을 뒤로하고 회견장을 유유히 빠져나갔다. 자본주의 사회는 밑천 없는 김정애에게 끊임없이 금전적인 대가를 요구하며 네모진 돈틀에 그녀를 강제로 박제해 버렸다. 옴짝달싹하지 못하도록. 어쩌면 그녀가 지금도 기도를 하고 있을지 모른다는 생각이 나자 나는 신을 향해 대들고 싶은 마음이 생겼다. 정말 신이 존재한다면 이 기가 막힌 상황에 대해 어떤 말을 할 수 있을지 궁금했다. 오직 '믿음' 하나로 버티며 벼랑 끝의 삶을 사는 그녀와, 북한의 수많은 예배자들을 향해 신은 어떤 이야기와 위로를 전할 수 있단 말인가.

 날로 줄어든 탈북자 정착 지원금 앞에서 김정애는 좌절했을 것이다. 어쩌면 김정애가 진짜 박제하고 싶었던 건 자신의 처지와 별반 다를 바 없는 가엾은 생명들인지 모른다. 어쩔 수 없는 사고를 당한 노루나 바다에서 죽어 떠밀려 온 수달을 박제할 때 김정애는 뿌듯한 미소를 머금었던 것 같다. 어미 닭과 눈이 마주쳤다. 꼬끼오, 꼬꼬. 어미닭은 내 속내를 말하지 않아도 모두 안다는 듯 박제된 눈알을 더욱 선명하게 치떴다.

 텔레비전에서는 계속 김정애의 사건을 집중 보도 중이다. 김정애의 집에서 발견된 쪽지에는 품질 좋은 시체를 얻기 위한 방법들이 적혀 있었고 의뢰자가 원했는지 정확히는 알 수 없으나 정상 성교와 항문 성교를 위해 각자 다른 곳에서 피를 빼내는 방법들이 빼곡하게 적혀 있다며 또 다른 피해자는 없는지 사건의 진위 여부를 신속히 파악 중이라고 했다. 시체를 곧게 매달아 관을 통해서 피가 흐르도록 하는 방법은 귀족 사회에서 시체 강간이 유행하던 시절의 수법과 닮아 있다며 아나운서는 침을 꼴깍 삼켜가며 쉴 새 없이 떠들어댔다. 김정애는 저 방법을 예전부터 알고 있었으며 사체 훼손을 시도하기 위한 방법은 결코 아니었을 것이다. 자신의 탈북한 동생을 위해 잡기 싫은 칼을 잡았던 여자다. 그녀는 돌이킬 수 없는 음모에 휩싸여 길을 잃은 것 같다. 브로커를 만나게 된 경위와 동생의 안부라도 물어볼 걸, 공연한 후회가 밀려들었다. 잠깐 잡힌 방 안의 풍경에서 텔레비전 위에 놓인 성경책이 눈에 들어왔다. 어떤 위기의 순간에도 놓지 않았을 주님의 말씀이 대번에 내 시선을 사로잡았다.

심란한 마음을 채 추스르지 못하고 있는데, 때마침 준코네 집에서 전화가 걸려왔다. 준코를 박제한 사람이 김정애가 맞는지 확인하기 위한 전화였다. 나는 좀 더 자세히 알아봐야겠지만 김정애가 맞는 것 같다고 지금 어안이 벙벙한 상태라고 전했다. 준코 엄마는 갑자기 소리를 지르며 절망적인 소리로 오오, 준코, 어쩌면 좋니, 를 외쳐댔고 마치 김정애에 의해 준코가 죽임을 당한 양 김정애가 준코를 박제한 것을 억울해 했다. 나는 뭔지 모르지만 입장이 썩 편치 않고 김정애를 준코 엄마에게 소개한 것이 큰 죄를 지은 기분이 들었다. 준코에 대해서만은 김정애는 실로 결백하다. 그것은 나도 준코 엄마도 모두가 명백히 알고 있는 사실이다. 준코의 부활을 기뻐하던 감탄은 어디에도 남아있지 않다.

나는 준엄한 의식을 치르기로 결심했다. 나의 박제품들을 모두 소멸하기로 결심한 것이다. 작별 의식을 치르기 전에 나는 공작새의 머리를 가만히 쓰다듬어 주었고 어미 닭에게 진심을 담아 감사의 인사를 전했다. 나로 인해 애꾸눈으로 고단한 삶을 살았을 나의 잊을 수 없는 수문장, 수리부엉이를 가슴으로 꼭 안아 주었다. 생성되는 모든 것은 소멸한다는 당연한 이치를 부정하며 살았던 나는 현실을 받아들이는 일이 녹록지 못하다.

성기를 확대하기 위해 구슬을 넣은 남자가 있단다. 화장을 다 하고 나서도 고추에 넣어 두었던 묵직한 구슬 두 개는 뜨거운 불길 속에서 타지도 않고 남아 경건한 마음으로 뼛가루를 쓸어 모으던 사내가 웃지도 울지도 못한 채 애써 터져오는 웃음을 실룩실룩 참아내며 갈아 드릴까요? 빻아 드릴까요? 유가족들에게 웃음 반, 눈물 반으로 물었다고 한다. 죽는 순간까지 간직했던 구슬 두 알은 납골함에 함께 안장되었다는 얘기를 들은 적이 있다. 남자로서 자신감이 결여된 채 살았을 그는, 무거운 관계의 짐을 벗어 던지고, 얌전히 구슬 두 알을 남긴 채, 홀연히 떠날 수 있었을 것이다.

나의 멋진 박제품들도 땅에 묻어도 썩지 않는 방부 처리된 내장과 실제와 흡사하게 제작된 눈 구슬들은 파묻은 흙에서 썩지도 않고 박제품으로서의 삶을 증명하듯 오롯이 남아 있을지 모른다. 허나, 이제는 그네들을 떠나보낼 시간이 왔다. 나는 비록 박제된 눈이지만 그들의 눈을 마주하고 차분히 헤어짐의 이유를 설명했다. 실제와 흡사한 녀석들의 눈동자에 내가 비춰졌다. 눈부처를 바라보며 눈물을 글썽였지만 애써 참았다. 눈물을 흘리는 나약한 모습은 절대 보여주고 싶지 않았다. 나는 인디언들이 나무를 자르기 전, 왜 잘라내야 하는지 충분히 이유를 설명하는 것처럼 느릿느릿 숭고하고 더디게 이별을 청했다.

 인터넷 창을 열고, 김정애의 사건을 검색해 보았다. 탈북한 여성의 엽기적인 행각에 대해 각 언론사들은 앞다투어 보도해 주었고 그녀의 사건이 동부지검에 송치되었다는 사실을 확인할 수 있었다. 하지만 어느 기사에서도 김정애의 잃어버린 동생에 대한 이야기는 거론되지 않았다. 특종, 단독이란 큼직한 활자를 전송하면서도 김정애의 진짜 범행 동기를 밝혀내지 못한 채, 탈북 여성의 기괴함에 초점을 맞춰 보도했다. 김정애의 가족사에 대해서는 알고 싶어 하지 않는 것이 분명했다. 서둘러 면회를 신청하고 억울한 김정애의 사건을 적극적으로 도와야겠다. 김정애의 누명을 벗겨 줄 수 있는 사람은 세상 천지에 오직 나뿐이라는 생각이 들자 조급해졌다.

한적한 야산에 올라 나는 깊고 둥글게 땅을 팠다. 병아리와 어미 닭을 묻고, 공작새를 묻었으며 마지막으로 수리부엉이를 묻었다. 너무 늦게 떠나보내서 미안하다고 부디 영면을 취하길 바라며. 너희들과 즐거웠던 유년의 기억은 내 마음속에 아름답게 박제되어 있다고 고백했다.

준엄하게 장례 절차를 마친 내게 문득 의구심이 일었다. 내게 푸른 눈의 늑대가 박제되어 있다고 속살댔던, 지금은 이름조차 기억나지 않는 그 친구. 정말 녀석의 집에 푸른 눈의 늑대가 박제되어 있었을까? 교활한 녀석은 푸른 눈의 늑대가 있다는 것을 앞세워 나의 암탉만을 노린 악랄한 놈이었을지 모른다. 세상에는 아직도 밝혀지지 않은 추악한 비밀들이 너무 많다.

나는 오랫동안 방치해 두었던 성경책을 찾아 툭툭 먼지를 털어냈다. 뽀얗게 내려앉은 하얀 먼지만큼 오랫동안 돌아보지 않았던 나의 허약한 믿음이다. 나는, 여전히 확신이 서지 않는 보이지 않는 신께 간절한 마음을 담아 기도했다. 주님, 당신이 존재하신다면, 부디 그녀를 버리지 마세요.

똘
뜨

이번 배송지는 평안북도라고 했다.

암호명은 '똘뜨'. 케이크 상자 안에는

허기를 채울 수 있는 빵은 담겨 있지 않다.

24시 편의점에서 '직원 급구'라는 구인 광고를 보고 급히 편의점을 나왔다. 급박하게 구직자리를 구하는 것은 근 오 년 만의 일이었다. 근접한 거리에서 직업을 구한다는 것은 매력적인 조건이었다. 근거리로 직장을 잡으면 출퇴근 시간을 더욱 아낄 수 있기 때문이다. 구로공단 안에 위치한 베어링 제조업체의 공고에는 생경한 채용 조건이 하나 덧붙여져 있었다. 글씨를 잘 쓰는 사람이면 좋겠다는 문구가 작게 표시되어 있었다. 중요한 것은 아닌지 눈에 띄지 않는 작은 글씨로 쓰여 있었다.

민국은 필체 하나는 자신 있다. 어려서부터 필기를 잘해서 어머니는 종종 예쁜 필기구를 선물해 주시곤 했다. 필경사라는 직업이 아직 남아있었다면, 적성에 딱 맞는 직업일 만큼 예쁜 필체를 가졌다. 필경, 그것은 어머니의 영향이 크다. 늘 필요 이상으로 반듯한 글씨를 칭찬해 주셨고 등을 쓰다듬어 주시는 어머니의 손길이 푸근해서 더욱 또박또박 필기했던 기억이 난다. 민국은 이력서에 붙은 자신의 사진을 한참 들여다보았다. 또박또박 눌러 쓴 자신의 글씨도 찬찬히 살폈다. 학창 시절, 연애편지를 쓰면 문장력보다는 글씨체에 반해 마음을 받아주던 여자 친구들이 많았다. 자필 이력서를 소중하게 가슴에 품고 민국은 길을 나섰다. 필체가 예쁜 것에 좀 더 많은 가산점이 주어지길 바랐다.

코로나 19로 인해 마스크를 착용한 사람들은 적당한 거리를 유지하며 정거장에 서 있었다. 갑자기 한파가 몰아쳐서인지 두툼한 옷을 차려 입은 사람들이 많았다. 검정색 롱 패딩, 한물간 무스탕, 니트 패딩, 기모 후드 재킷이 한자리에 모여 추위에 바들바들 떨고 있었다. 검정 마스크, 회색 마스크, 두꺼운 천 마스크, 깔끔한 흰색 마스크, 어린아이들은 캐릭터가 그려진 귀여운 마스크에 줄을 매달았고, 이젠 마스크도 하나의 패션이 되었는지 새 부리 모양의 마스크까지 등장해 각자의 옷차림에 맞게 착용한 듯 보였다. 모두가 어디론가 목적지를 두고 걸음을 서두르고 있었다. 어깨 위에 걸친 옷의 무게만큼이나 마음도 무거웠다.

공단 안, 대로변으로 들어서자 작은 건물들이 옹기종기 모여 있는 것이 보였다. 유난히 낡은 건물들이 즐비했고, 거리에는 희뿌연 흙먼지가 자욱했다. 회사 로고가 새겨진 작업복 차림의 사원들이 분주하게 움직이고 있었다. 어딘가에 소속되어 있는 그들이 새삼 부러웠다. 휴대폰으로 전송된 주소를 확인한다. 374번길, 민국은 100명이 넘는 직원들이 경비복을 입고 앉아 있는 사무실을 지나 회사로 출근하던 지난날이 생각났다. 생각만 해도 행복한 호시절이었다. 시멘트색이 바랜 건물은 유난히 거무튀튀했다. 엘리베이터도 없는 구식 건물의 계단을 5층까지 올라오니 괜히 왔다는 후회가 든다. 계단의 간격도 넓게 배치되어 있어서 발도 아팠다. 기대가 없는 마음인데 어쩐 일인지 손은 이미 미끄덩거리는 손잡이를 돌리고 있다. 504호의 낡은 철문을 열고 사무실로 들어선다. 녹슨 철문은 끼이익- 기분 나쁜 소리를 냈다. 민국은 듣기 싫은 소리에 눈살을 찌푸렸다.

후미진 구석 자리에서 한 노인만이 자리를 지키고 앉아 있는 모습이 보인다. 민국은 그제야 빠르게 발길을 돌리지 못한 것을 후회했다. 자신이 비좁은 사무실 어디에 앉아야 할지 상상도 되지 않았다. 가까운 거리에서 눈이 마주친 노인의 실루엣은 아담한 덩치를 가졌다. 노인은 마치 오랫동안 기다려온 사람을 마주하듯이 밝은 눈웃음을 건네주었다. 긴 눈꼬리 뒤로 잔주

름이 자글거렸다. 반겨주는 노인 덕분에 마음이 순식간에 누그러졌다. "조민국 씨죠? 기다리고 있었습니다. 오시느라고 고생하셨지요?" 한 회사의 대표답지 않게 수더분한 모습이었다. 도대체 무슨 일을 하는 곳일까. 민국은 사무실을 쓱 둘러보았다. 모두 외근을 나갔는지 자리는 거의 비어 있었고, 사무실의 공기는 눅눅했다. 정돈되지 못한 책상들에는 서류 뭉치가 잔뜩 올려져 있었다.

대표 이사라는 명패가 아니었더라면 노인이 회사의 운영자라고 생각지 않았을 만큼 털털한 말투였다. 임요한 대표는 두툼한 성경을 내밀었다. "이것을 정성껏 베껴 써 주시면 됩니다." 민국에게도 항공 정비사가 되기 전, 꿈이 있었다. 바로 소설가가 되고 싶은 것이었다. 형편이 넉넉지 않았던 민국은 중고 서점에서 책을 사 노상 들여다보고는 했다. 거실의 벽면에 가득 책을 꽂아둔 서재가 있는 친구들이 부러웠다. 민국은 책을 받아 안으며 '소설 쓰는 일은 아니더라도 무언가 쓰는 일을 업으로 삼으면 다른 일 보다는 낫지. 지금에야 원 없이 글을 한번 써 보는구나…….'라고 생각한다. 구태여 출근을 하지 않아도 된다는 대표의 말에 주저 없이 마음을 결정했다. 취업에 성공했음에도 불구하고 기쁨의 감정 따위는 느껴지지 않는다.

지금으로부터 20년 전, 마지막으로 교회를 찾았다. 알코올 중독자인 아버지께 맞아 죽은 엄마는 마지막 순간까지도 성경을 손에 쥐고 있었다. 교회 문을 열자마자 신에게 원망을 쏟아 부었다. 다시는 당신께 무릎 꿇지 않겠노라 맹세했다. 어머니의 외로웠을 삶에 대해 누군가 질타해야 한다고 생각했다. 무책임한 친할머니는 어머니의 장례식장에 찾아와 말했다. "늬 어메는 교회 끊어야 산다고 내 입이 닳도록 말하지 않았니!" 아버지는 피비린내 가득한 방에서 검거되던 순간에도 횡설수설 헛소리를 해댔다. 만약, 신이 있다면 어머니는 죽지 않았어야 했다. 신을 등지고 나오며 마지막으로 했던 말이

"왜 하필 나입니까?"라는 한 맺힌 물음이었다. 그 뒤 소설가의 꿈은 접어야 했다. 더는 중고서적에 걸음 하지 않았고, 국비로 기술을 알려주는 학원에서 항공 정비일을 배우게 되었다. 다시는 소설가가 될 수 없다고 생각했다.

'똘뜨'라는 북한말을 처음으로 알게 되었다. 폐쇄적인 북한은 그나마 중국이나 러시아와 가까이 지낸다. 그러다 보니 북한의 주민들도 중국말이나 러시아 말의 영향을 많이 받는 편인데, 그룹을 '그루빠', 트랙터를 '뜨락또르', 점퍼를 '슈바'라고 부르는 것이 모두 러시아 말의 영향을 받은 탓이라 한다. 털로 된 점퍼는 '털 슈바'라고 부른다. 러시아식 케이크를 '토르트'라고 하는데 북한식으로 발음하면 '똘뜨'가 된다. '똘뜨'를 북한 주민들은 간절하게 기다린다고 하니, 책임감이 막중해진다. 똘뜨 상자 안에 열 장의 원고지가 담긴다. 나름대로 성의껏 쓴 원고들이다.

배고픈 북한 주민들은 똘뜨 상자 안에 먹을

것이 담기길 원할 것이다. 굶어 죽는 판국에 이깟 종이뭉치를 기대하고 있다는 것이 도무지 믿어지지 않는다. 아마도 임요한 대표가 무엇인가를 단단히 착각하고 있는 듯싶다. 배고픈 사람에게 빵을 주어야지 당장 허기로 눈이 뒤집힌 사람들에게 이런 것이 다 무슨 소용이 있을까.

 교도소에 수감된 아버지의 편지가 도착해 있었다. 흰 편지지 위에는 의정부교도소 도장이 찍혀 있었다. 아버지는 여러 장의 편지를 보내오지만 절대 읽지 않는다. 읽어야 할 이유도 없을뿐더러, 평생 용서받지 못할 일을 저지르지 않았는가. 구태여 볼 일 없는 사람의 편지를 읽고 싶지 않았다. 아버지의 글씨체만 봐도 엄마가 죽던 날이 떠오른다. 주정뱅이의 끔찍한 고함이 들려온다. 팔이 아파서 잠시 휴식을 취한다. 돈을 주는 일이니 하고 있긴 하지만, 의미 없는 일이다. 민국은 글쓰기 작업에 몰입할수록 어머니가 생각난다. 불행한 어머니는 무엇을 읽고 희망을 보았을까. 알고 싶지 않은 어려운 이름들을 베껴 쓰는 것은 생각보다 지루한 일이라 자꾸만 읽게 되었다. 소리 내어 읽지 않으면 틀려 쓰게 되어서 한 번 읽고 쓰는 편이 작업 속도가 훨씬 빨랐다.

항공 정비 일은 보람 있었다. 무엇보다 돈을 많이 벌 수 있어서 좋았다. 부양할 가족이 없었기에 돈을 모을 수 있었고, 코로나 사태가 진정 국면을 맞이하면 곧 돌아갈 일자리였다. 하지만 코로나는 순식간에 모든 교류를 차단하도록 만들었고, 비행기는 언제 뜰지 기약이 없다. 회사가 존폐 위기에 놓인 지금, 무급 휴직도 감지덕지다. 회사의 사정을 알아보기 위해 전화를 걸었을 때, 인사과 담당자는 언제 복귀하게 될지 누구도 장담할 수 없는 어려운 실정이라며 회사의 입장을 전해 주었다. 스마트부품과 항공 우주 부품을 들여와 최첨단을 약속했던 회사는 언제 회생할지 아무도 알지 못한다.

처음부터 북한의 실정에 관심을 가졌던 것은 아니었다. 근무하면서 비밀스럽게 통용되는 북한말이 있다는 것을 알게 되었다. 언어의 장벽은 생각보다 높았다. 미리 배워두지 않으면 알아먹을 수 없는 단어들이 꽤 많았다. 배고픈 땅에서 태어난 그들이 가여웠다. 가난한 집에 태어나 살면서 왜 부모를 선택해서 태어날 수 없을까, 생각해 본 적이 있다. 늘 쪼들리는 살림살이는 무엇이든 빠르게 포기하는 법을 알려주었다. 문구점에 전시된 빨간 불자동차며 만화 캐릭터가 그려진 스케치북을 포기하게 했고, 학교 앞에서 흔하게 나누어 주던 학원 전단 문구를 들여다보지 않게 만들었다. 민국은 친구의 초대장을 손에 들고 교회에 갔었다. 이상한 곳이었다. 가난한 사람과 부자를 차별하지 않았고 예쁜 교회 선생님은 어린 민국을 무릎 위에 앉히며 반겨주었다. 꼬질꼬질 지저분한 옷을 입은 민국은 선생님 품에 안겨 있는 내내 마음이 불편했다. 진심은 아닐 것이라 여겼고, 더는 교회에 걸음 하지 않았다. 돈 없고 가난한 삶을 환영해 주는 누군가가 있다는 것은 퍽 다행스럽지만, 대번에 거리감이 들었다. 십자가에 매달린 예수님의 시선은 다행히 발아래를 향해 있었다.

이번 배송지는 평안북도라고 했다. 암호명은 '똘뜨'. 케이크 상자 안에는 허기를 채울 수 있는 빵은 담겨 있지 않다. 임요한 대표는 공장을 하면서 얻은 수익금으로 북한을 돕는 인물이다. 북한에 선교하는 것을 자신의 인생에 가장 중요한 일이라 여긴다. 생면부지의 그들을 위해 자신의 것을 아낌없이 내어놓는다는 것이 이해가 되지 않았다. 상냥한 교회 선생님의 품에 안겨서, 혹시나 내 몸에서 냄새가 나면 어쩌지 걱정했던 것처럼 진심을 마주하면서도 퍽 불편하다. 중국의 공장에선 신분을 세탁한 북한 이탈 주민이 일한다. 자신과 상관없는 사람들을 남몰래 돕는 그에 대해 의구심이 생기지만, 불안한 마음도 든다. 무언가 합법적인 것이 아니면 별로 하고 싶지 않은 것이 솔직한 심정이다. 오늘부터 사회적 거리 두기는 2.5단계로 격상되었고, 일자리를 구하는 것은 더욱 힘들어졌다. 비행기가 뜨지 않는 판국이니 복직을 기대하기도 힘들다. 당분간은 열심을 다해 이 마땅찮은 일을 해야만 한다. 베껴 쓰면서 자꾸 마음이 흔들리고 있는 것을 느낀다. 자꾸 들여다보게 되고, 적혀 있는 모든 말들이 나를 향한 이야기처럼 들리는 놀라운 경험을 하게 된다. 임요한 대표는 말했다. 북한의 지하교회 사람들은 목숨을 걸고 성경을 읽고 찬송한다며 그들을 돕는 일이라면 무엇이든 해주고 싶다. 당장 돈벌이가 급하지 않았다면 하지 않았을 일이다. 늘 나 자신을 책임지며 살아온 탓에 조금이라도 불법적인 것은 하고 싶지 않은 것이 솔직한 심정이다. 민국은 늘 자신을 변호하며 살아야 한다. 위기의 순간에 찾아와 줄 어떤 누구도 없다. 어머니의 주검을 부둥켜안고도 전화할 사람을 찾지 못했다. 어머니의 몸이 점차 차가워지자 모든 게 끝났다는 막연한 생각이 들었다. 어머니를 지켜주지 못한 것은 한이 되었고, 신을 원망하며 살았다. 자신의 모든 것을 내어 준 믿음이 보상받지 못한 것을 똑똑히 목격했기 때문이다.

민국은 소설을 쓸 기회가 주어진다면, 자전적인 이야기를 써보고 싶다. 단지 베껴 쓰는 일을 하고 있을 뿐인데 자꾸 활자에 집중하게 된다. 신기한 일이다. 글을 쓰면서 비적비적 눈물을 훔치게 되는 건 어떤 연유일까. 회사의 직원이 똘뜨 상자를 운반하다가 중국 공안에게 잡혔다. 상자 안에는 원고 뭉치가 묵직하게 들어 있었다. 케이크 상자의 무게를 의심한 공안이 상자를 바로 뜯었고, 케이크가 들어있지 않은 것을 바로 확인한 것이다. 상자에는 성경 필사본이 가득 담겨 있었고, 그것을 본 공안은 현장에서 회사 직원을 바로 체포했다고 한다. 누구에게도 도움을 받지 못하는 외로운 처지에 공감하자 민국은 몸이 바르르 떨렸다. 민국은 서둘러 지금 하는 일을 접어야 한다고 다짐한다. 공연히 부적절한 일에 휘말리고 싶지 않다. 그러면서도 똘뜨 안에 원고지는 차곡차곡 쌓이고 있다.

성경을 읽다 발각되면 바로 공개 처형을 당

한다. 저격수들이 빙 둘러싸고 총을 쏘았는데 요즘에는 무기 사정도 원활하지 않아 교수형에 처한다고 한다. 죽음을 알면서도 성경을 읽는다는 것이 이해가 되지 않았다. 절망만이 가득한 땅에 살면서 성경을 읽은들 어떤 사랑과 희망을 읽어낼 수 있을까. 척박한 땅에 신앙인이 있다는 것 자체가 놀라울 따름이다. 북한에 믿음을 전하기 위해 애쓴 사람들의 최후는 어떤가. 종신 노역에 처해져 차마 입에 담을 수 없는 고초를 당한다. 북한에 억류된 회사 직원에 대한 걱정으로 좀체 펜이 손에 잡히지 않았다.

민국의 집 앞에는 작은 예배당이 있다. 빨간색 십자가가 은은한 빛을 뿜어내는 곳, 언제나 누구든지 와서 기도할 수 있도록 24시간 불이 켜진 곳이다. 민국은 어두운 골목길을 비추는 십자가 불빛이 퍽 아름답다고 생각한다. 좁다란 골목에 구석구석 빛을 나누어 주고 있다. 길고양이 한 마리가 전봇대 앞을 어슬렁거리고 있다. 새끼를 가졌는지 배가 아주 불룩하다. 교회에 오가는 사람들이 던져주는 먹이를 기다리는 것일까. 민국은 고양이에게 손을 내밀었다. 하지만 고양이는 갸르릉거리기만 한다. 결코, 곁으로 오지 않는다. 예배당 앞을 서성이면서도 선뜻 들어서지 않는 나처럼 의구심을 거두지 않는 눈빛이다. 세상에 의지할 곳 없었던 엄마는, 살펴주는 손길이 늘 목마르셨을 것이다. 누구 하나, 자신의 편이 되어주지 않는 세상에서 내 죄를 대속하고 죽임을 당하신 예수님의 사랑은 실로 얼마나 위대한 사랑인가! 하지만 어머니의 마지막은 처참하고 끔찍했다. 주정뱅이 아버지는 게게 풀린 눈으로 어머니를 바라보고 있었다. 앉은뱅이도 일어서게 한다는 신이 우리 집에는 계시지 않았다. 간절하게 부르면 어디서든 도움을 주신다는 신은 어머니를 죽도록 내버려 두었다.

민국이 출애굽기를 필사할 때였다. 모세의 장인이자, 미디안 제사장인 이드로가 '이제 내가 알았도다'라고 말하는 부분을 베껴 쓰며 민국은 어느 순간, 말씀과 일치하는 자신의 마음을 느낀다. 민국의 마음속에서 절로 깨닫게 되는 것이 있고, 여호와는 모든 신보다 크시다는 걸 어느 순간, 민국 또한 불현듯 알게 될 것이다. 깨달음에 대한 기쁨이 오롯이 자신에게도 전해오는 진짜 기적과 같은 일이었다. 벅찬 기쁨을 저 단어 외에는 이드로도 달리 표현할 길이 없었을 것이다. 신앙심을 획득한 이드로의 뿌듯한 마음이 전해지자 입가에 미소가 지어졌다. 이드로가 품었을 감격의 순간을 함께하는 놀라운 기적을 체험한 것이다. 어머니의 믿음도 이렇게 시작되었을 거라 생각하니 더욱 측은한 생각이 들었다.

민국은 교회 십자가 앞에 섰다. 아직은 예배당에 들어갈 용기가 없다. 신을 온전히 받아들이기에는 시간이 필요하다. 하지만 어머니가 천국 백성이 되신 것에 대한 확신이 생기자 민국의 마음은 이내 편안해진다. 초라했던 어머니의 삶이 보상받는 기분이 들었기 때문이다. 믿으면 하나님의 영광을 볼 수 있다는 굳건한 신앙으로 살다 가셨으니 지금쯤은 편안하셨으면 좋겠다. 민국은 별다른 생각 없이 오래오래 십자가 앞에 서 있었다. 신께 기도하는 방법을 알았더라면 좋았겠다고 생각하면서. 민국은 진정 자신이 원하는 삶이 어떤 것인지 돌아보았다. 성경을 필사하는 시간이 길어질수록 마음이 편안해지는 것이 좋았다.

민국은 이것저것 필기구를 사러 길을 나섰다. 필기감이 좋은 펜은 오래 필사에 집중할 수 있도록 만들어 준다. 필사하는 행위 자체에서 기쁨을 느끼는 요즘이 민국은 싫지 않다. 항공사에서 전화가 걸려왔다. 앞으로도 오랫동안 예측할 수 없는 위기의 상황에 권고사직이나 명예퇴직에 응할 경우, 신속하게 퇴직금을 지불함과 동시에 약간의 위로금도 받을 수 있다는 전갈이었다. 이내 마음이 불안해진다. 밥이라도 먹고 사는 것이 복이라 생각하면서도 다시금 원하는 일터로 복귀할 수 없다는 것은 실로 우울한 일이다. 항공사에 소속되어 있다는 것은 퍽 만족스러운 일이었다. 비로소 꿈의 무대에서 발로

뛰는 기분이 들었다. 하지만 오래가지 못한 풋사랑처럼 이내 불운이 깃든 것이다.

민국은 대형 문구점에서 오래오래 펜을 골랐다. 예상외로 길어진 불경기에 상점 안에도 사람은 거의 없었다. 사장은 아르바이트생도 두지 못하고 밤낮없이 상점에 나와 있는 상태라며 물건을 배달해 주는 사람을 향해, 젖은 한숨을 내쉬며 하소연했다. 넓은 평수를 소유한 상점 주인은 적자를 보고 있는 형편일 것이다. 너 나없이 어려운 시절을 우리는 힘겹게 지나고 있다. 현실을 마주하지 않은 채, 필사하는 시간이 가장 즐겁고 마음이 편했다. 머릿속에 복잡하게 엉켜있는 생각들이 정리되는 기분이 들고, 말씀을 읽다 보면 어떤 위기와 시련이 오더라도 겁먹지 않고 헤쳐 나갈 수 있을 듯한 용기가 생겼다. 실패를 통한 변화에 앞서 말씀을 통해 변화의 삶을 살 수 있다면 그것이야말로 복이라는 생각이 든다. 하지만, 언제까지 성경만 붙들고 있을 수는 없다. 기술은 쓰지 않으면 녹스는 것이라 민국은 더욱 겁이 났다. 솜씨가 낡아 버리면 어쩌나 하는 불안이 엄습할 때면, 공연히 연장 통을 뒤적이곤 했다. 다시금 이론이 적혀 있는 기체·기관·장비 책도 뒤적뒤적 넘겨보고는 한다.

 반갑지 않은 전화가 왔다. 교도소에 있는 아버지의 부탁으로 전화를 걸었다고 말하며, 자신은 다른 죄수의 면회자인데 꼭 한 번만 면회를 와 달라고 부탁했다는 것이다. 어머니를 살해한 아버지는 모든 가족에게 철저히 버림받았고, 누구도 그를 찾아가지 않는다. 그것이 온당한 조치라고 생각한다. 미래가 없는 주정뱅이를 향해 친척들도 냉담한 태도를 보였다. 국선 변호인이 붙었을 뿐이고, 그는 항소하지 않고 감방에 틀어박힘으로 씻지 못할 죄의 값을 치르고 있다. 마지막까지 자식과의 연을 놓지 않는 아버지가 그저 못마땅할 뿐이다. 민국은 절대 찾아가지 않겠다고 다짐하듯 혼잣말을 했다. 어떤 사정도 듣고 싶지 않다. 용서를 구해도 싫고, 원망을 들을 이유는 더더욱 없으며 평생 보지 않고 사는 것이 유일한 복수다. 지금 당장 차가운 감방 안에서 숨을 거두었다고 해도 눈물 한 방울 흘리지 않을 자신이 있다. 민국은 사실 감방에서 아버지가 죽었다는 소식을 들려주길 바랐다. 스스로 목숨을 끊는 것이 가장 바람직한 마지막이라는 생각을 했다.

 다시금 오래된 꿈을 떠올려 본다. 민국도 글을 쓰는 사람이 되고 싶을 때가 있었다. 하지만 오롯이 문학을 공부하기에는 뒷받침해 주는 부모님이 없었고, 항공 정비를 알게 된 이후는 마음을 굳히고 변치 않는 마음으로 오롯이 한 길을 걸었다. 가진 것이 없는 사람은 늘 포기가 빠르다는 것을 모르지 않았기에 버릴 수 있는 꿈이었다. 하지만 항공 정비 일도 민국의 가슴을 뛰게 했다. 큰 비행기를 움직이는 데 중추적인 역할을 한다는 것이 얼마나 기뻤는지 모른다. 민국이 신입 딱지를 떼고 막 정직원으로 진급했을 때의 일이다. 민국이 속한 항공사에서 큰 사고가 날 뻔했다. 새 떼와 충돌한 여객기가 비상 착륙을 한 것이다. 양쪽 날개 중, 왼쪽 날개에서 엔진이 화재를 일으켰다. 엔진 사이로 새 떼가 빨려들어 가면서 순식간에 불이 붙었다. 기장은 위기의 상황에 침착하고, 영리하게 판단했다. 동체 착륙을 시도한 것이다. 동체 착륙이란, 착륙 바퀴를 사용하지 않고 여객기 동체로 서서히 내려앉는 어려운 방식으로, 고난도의 실력을 요구한다. 기장의 신속한 대처로 인해 사망자는 한 사람도 발생하지 않았다. 엔진 사이에서 갈려버린 새들의 형체는 끔찍했다. 민국은 새의 사체를 수거하고 작동을 멈춘 고장난 엔진을 제거하면서 남은 새의 무리는 부디 안전하게 제 고향으로 훨훨 날아가길 빌었다. 그날 민국은 집으로 돌아와 자신의 경험을 글로 썼다. 그날의 감정을 활자로 기록해 두고 싶었기 때문이다.

코로나19 상황이 심각해지면서 민국은 재택근무를 하게 되었다. 임요한 대표는 중국에 들어가는 일이 쉽지 않아, 북송된 직원을 구하는 일에 애를 먹고 있는 모양이다. 믿음의 동역자라고 했다. 사역을 담당하는 동지를 잃고 임요한 대표는 얼마나 마음이 복잡할까. 더는 이런 딱한 처지에 휘말리고 싶지 않다. 민국은 다시금 구인 광고지를 뽑아 들었다. 세상천지에 자신만을 위해 줄 누군가가 없다. 오로지 자신이 자신을 책임지면서 살아야 한다. 그러면서도 민국은 구인 광고지를 뒤로 밀어두고 성경 쓰기에 다시금 몰두한다. 알다가도 모를 일이다. 민국은 새로 장만한 펜을 꺼내 더욱 또박또박 말씀을 적는다. 케이크 상자 가득, 또 다른 말씀이 채워진다. 먹지 않아도 배가 부른 것을 체험하는 요즘이다.

아버지는 끈덕지게 편지를 보내고 있다. 반갑지 않은 글을 전달받는 것은 퍽 성가신 일이다. 집배원 아저씨가 우리 집 식구가 감옥에 들어앉아 있는 것을 아는 것도 불쾌한 일이다. 푸른색으로 찍힌 교도소 도장은 마음을 불편하게 만든다. 민국은 공연히 질 나쁜 사람으로 주변에서 평가될까, 신경이 쓰인다. 혼자만을 챙기기에도 빠듯한 요즘이다. 예나 지금이나 아버지는 도움이 되는 존재가 아니다. 늘 걸리적거리는 불편한 존재이다.

새벽에 눈 뜬 민국은 갑자기 배가 고프다. 어정어정 편의점을 찾는데 교회 앞을 지나게 되었다. 마스크를 푹 눌러쓴 누군가가 교회를 찾는다. 순간, 민국에겐 묘한 자신감이 생긴다. 마스크로 얼굴을 가리면 예배를 볼 수 있을 것도 같다. 예배를 보고 싶다기보다는 기도를 하고 싶다. 아직도 연락이 닿지 않는 직원과 임요한 대표를 위해, 또 북한의 예배처소에서 기도하는 신앙인들을 위해 기도해 주고 싶은 생각이 들었다. 지금 당장 그들을 위해 할 수 있는 일이 오직 기도뿐이라는 생각이 들자, 마음이 바빠졌다. 하지만 민국은 스치듯 교회 앞을 지나친다. 아직은 때가 아니라는 생각이 들었고, 헌금이 없는 것도 마음에 걸렸다.

임요한 대표는 민국을 향해 묻는다. 일을 계속해 주실 수 있으실까요? 회사 사정이 썩 좋지는 않지만, 우리는 북한의 예배처소를 계속해서 지원하려고 합니다. 민국은 조금만 생각해 보겠다고 대답한다. 이 일을 통해 민국은 무엇을 얻었는지 곰곰 생각해 본다. 반갑지 않은 전화가 또 걸려왔다. 아버지의 부탁을 받고 연락을 취했던 번호의 주인이다. 혹여 다시 연락할 것을 염려해 전화번호를 저장해 두었는데 정말 잘한 일이다. 귀찮게 응대할 필요 없이 전화를 받지 않으면 그만이니까. 드륵드륵 문자가 전송되었다. -아버지가 기다리고 계십니다. 오지 않으셔도 된다고 다만, 보낸 편지만은 꼭 확인해 달라고 하십니다. 한꺼번에 모아 두었다가 종량제 봉투에 버려버리는 아버지의 편지는 꽤 많이 모여 있다. 아버지의 편지를 버리면서도 민국은 죄책감보다는 늘 종량제 봉툿값이 아깝다. 그런 비인간적인 생각을 하게 만드는 아버지가 더더욱 싫을 뿐이다.

오늘도 책상에 앉아 말씀을 필사했다. 늘 "왜 하필 나입니까?"라고 묻던 나에게 "왜 너는 안 되지?"라고 묻고 계신 것 같았다. 처음으로 "왜 하필 나입니까?"라는 원망이 얼마나 이기적인 것인지도 알게 되었다. 민국은 필사하면서 잊지 않고 있었던 질문들을 떠올리고 또 답을 얻고 있다. 민국은 아버지의 편지를 모아 둔 서랍을 열었다. 치워버리고 싶은 생각 때문이다. 꽤 두툼한 양이 손에 잡혔다. 하지만 어쩐 일인지 민국은 편지를 뜯었다. 다시 성가신 연락이 오면 편지를 잘 뜯어보았으니 두 번 다시는 연락하지 말라고 일러둘 참이다. 편지는 일정한 형식을 갖추지 않은 것이었다. 수신자가 적혀 있어야 할 자리에 수신인이 빠져 있었고, 첫인사나 안부를 물어야 할 자리에도 마땅한 문구는 적혀 있지 않았다. 하고 싶은 말도 전부 생략된 아버지의 편지에는 성경 말씀만이 빼곡하게 적혀 있을 뿐이었다. 날짜도 적혀 있지 않은 편지 가득 깨알 같은 글씨로 말씀이 기록되어 있었다. 민국은 훅 숨이 막혔다. 지금 막 말씀을 사모하기 시작한 민국에게 이것은 어떤 시험과도 같이 느껴졌다. 악인인 그에게는 성경을 읽을 자격도 없다는 생각이 가장 먼저 들었다. 민국은 서둘러 다음 편지를 뜯었다. 마찬가지였다. 다음 편지도, 또 다른 편지도 그저 성경 말씀만이 정성스러운 글씨로 빼곡하게 적혀 있을 뿐이었다.

코로나 19가 격상되면서 '예배는 없습니다. 조용히 각자 기도하고 돌아가세요.'라는 문구가 교회 문 앞에 커다랗게 붙었다. 나이 든 어르신들도 잘 보이도록 큰 활자체를 진하게 둘러 노란 표지에 검은 글씨를 완성해 붙였다. 아버지의 편지를 뜯어본 이후, 민국은 성경 쓰기를 멈췄다. 아버지가 쓰는 성경이라면 안 써도 그만이라는 생각이 들었다. 공평하신 주님은 악인에게조차 믿음의 시간을 허락하시는가. 또다시 원망의 마음이 싹트는 것이 싫었다. 하지만 이런 생각이 몰려옴에도 불구하고, 민국의 마음에는 말씀을 필사하고 싶은 생각이 자꾸 든다. 그런 신앙의 싹을 애써 모른 척하고 있다. 어려운 회사 실정에도 월급을 챙겨주는 임요한 대표를 생각해서라도 서둘러 어떤 결정을 해야 한다. 기도하며 응답을 구했던 신앙인들의 이름을 민국은 차분하게 떠올려 본다.

어떤 마음으로 성경을 쓰고 있을까. 어머니를 죽인 것에 대해 죄책감을 가지고 있을까. 자식인 나에게 미안한 감정이 있을까. 새삼스럽게 종교를 갖고 죽은 후 자신의 좋은 날들을 바라는 것은 아닐까. 교회를 찾던 어머니를 이유 없이 구박하던 악인의 모습이 떠올랐다. 성경을 들여다보고 베껴 쓴다는 것 자체가 매우 가증스럽게 여겨졌다. 살인을 저지른 그도 신앙인이 될 수 있다는 것이 실은 용납이 되지 않는다. 주님이 마땅히 그를 벌해 주셔야 옳다는 생각이 들었다. 이렇게 마음이 무거운 와중에도 민국은 종종 얼굴도 본 적 없는 회사 식구를 걱정하고 있었고, 임요한 대표의 안전을 기원하고 있다. 또 스스로에게 어떤 변명도 하지 않도록 미리 헌금 봉투를 준비하고, 예배당 앞을 수시로 서성이고 있다. 자꾸만 무언가 아뢰고 싶은 생각이 든다. 무엇이든 아뢰면 알아서 들어주실 것 같은 마음이 든다. 아쉬운 발걸음에 저벅저벅 십자가 불빛을 지나쳐 오는 날들이 많아졌다.

 극적으로 회사 직원은 구출되었다. 임요한 대표는 많은 사람이 중보 기도를 해준 덕분에 기적이 일어났다며 오래간만에 환한 웃음을 보여주었다. 자신의 이익이 아님에도 무릎 꿇고 중보기도를 해주는 신앙인들이 정말 고마웠다. 민국은 한번 그들을 믿어보고 싶다. 만약 민국이 위험에 빠지더라도 그들은 지금처럼 민국을 위해 기도해 주리라 생각한다. 민국은 책상 앞에 앉아 마음이 가는 한, 이 일을 계속하겠다고 생각한다. 케이크 상자 안에 달콤하고 촉촉한 케이크를 담아 굶주린 그들의 배를 채워 줄 수 없을지언정 말씀으로 이기는 힘을 심어 준다면 그보다 큰 축복은 없다고 생각한다. 이 또한 필사하면서 달라진 생각이다. 민국은 아버지가 보낸 편지 뭉치를 어떻게 해야 하나 고민하고 있다. 민국은 어떤 해결 방안도 찾지 못하고 꼬박 밤을 새웠다.

임요한 대표는 북한에 똘뜨를 운반할 다음 사람을 찾고 있었다. 이번 사건이 워낙 많이 알려져서 사람들이 겁을 먹었다며 운반책이 마련되지 않아 고심하는 눈치였다. 선교도 좋고, 신앙을 지켜가는 것도 좋은 일이지만 위험을 뻔히 알면서 일을 도울 사람이 얼마나 될까. 목숨이 왔다 갔다 하는 일이 아닌가! 북한에서 오직 말씀만을 붙들고 사는 그들이 가여웠지만, 그것은 그들이 감내해야 할 몫이다. 민국은 힘껏 고개를 저었다. 복잡한 심경이 정리되지 않은 판국에 더는 타인의 일로 골머리를 앓고 싶지 않다. 똘뜨를 운반하다 걸리면, 지금처럼 쉽게 일이 해결되지 않을 수도 있다. 더욱 살벌하게 감시할 것이며, 재차 반복되는 일에는 더 큰 책임이 따를 것은 불을 보듯 뻔한 일이다. 북한에서 태어난 그들에게는 어떤 원죄가 있는 것일까. 태어남부터가 축복이 아닌 사람들이 세상에는 너무도 많다. 그들이 과연 신을 향해 어떤 고마움을 이야기할 수 있을까.

민국도 아버지를 사랑하던 시절이 있었다. 아버지에게 케이크를 선물 받고 싶던 유년 시절이 떠올랐다. 생일이면 커다란 케이크를 선물 받고 사진을 찍어 자랑하던 친구들이 얼마나 부러웠던가. 민국은 기대했다. 아버지가 케이크를 사 들고 민국의 생일을 기념해 주길 원했지만, 번번이 아버지는 빈손으로 집에 들어왔고, 늘 알코올에 젖어 있었다. 주정뱅이에게는 아무것도 요구할 수 없다는 걸, 민국은 차차 깨달으며 자랐다. 그러므로 아버지는 사랑도 용서도 구해서는 안 된다. 민국은 눈을 감고 생각한다. 가난한 어머니는 민국의 생일날, 직접 케이크를 만들어 주었다. 초코파이를 가득 쌓아 올린 볼품없는 케이크였지만, 생일 초를 구해 숫자에 맞게 꽂아 주었다. 민국은 어머니를 와락 끌어안았다.

가슴이 벅차다는 것을 처음으로 알게 된 순간이었다. 누군가에게 넘치는 사랑을 받고 있다는 생각이 들었고, 가난한 어머니지만 자신의 향한 애정을 느낄 수 있었다. 그것만으로 민국은 행복했다. 초라한 상에 쌓아 올려진 초코파이 케이크지만, 세상에서 가장 멋진 초코케이크였다. 민국은 어머니가 돌아가신 이후, 어머니가 그리울 때면 혼자 방에 앉아 초코파이를 먹고는 했다. 초코파이는 특유의 달콤함으로 어머니를 향한 보고 싶은 마음을 달래 주었다.

감방에 틀어박혀 편지를 쓰는 아버지의 얼굴을 상상해 보니 오소소 소름이 돋았다. 누구도 아버지를 용서하지 않을 것이라 여겼다. 하지만, 그는 신에게 용서를 구했던가. 용서를 구하는 행위 자체도 용납이 되지 않는 사람이다. 민국은 아버지가 마지막 재판을 받던 날을 떠올렸다. 죄수복을 입은 아버지는 최후 진술을 하는 과정에서 자식에게 너무도 미안합니다, 라는 마땅찮은 말을 해댔다. 슬하에 자식은 민국 하나

뿐이었고, 민국에게 사과하는 것이 틀림없었다. 자신의 이름을 재판정에서 거론하지 않고 자식이라고 표현해 주는 것이 다행스럽게 생각되었다. 하지만, 죽임을 당한 어머니께 죄스러워야지 횡설수설 자식에게 미안하다는 말만 되풀이해서 뱉는 주정뱅이가 미웠다. 푸른 죄수복을 입은 그는 입회한 경찰들에 이끌려 법정을 빠져나갔고, 민국이 앉은 쪽을 힐끗 돌아봤다.

민국은 다시 성경을 필사한다. 머릿속을 비우고 온전히 말씀에 기대다 보면 어떤 해답이 있지 않을까 싶다. 말씀은 살아 운동력이 있어 좌우에 날선 검보다 더 예리하지 않은가! 그저 멈추지 않고 필사하고 싶은 지금의 시간에 온전히 집중키로 한다. 이 시간 어쩌면 아버지도 편지지 가득 또 주님의 말씀을 따라 적을지 모른다. 나처럼 그도 그저 멈춰지지 않는 마음이리라……. 민국은 교도소에 수감된 아버지를 생각하면 분했다. 아버지를 아버지라 부르지 않고 다르게 표현하고 싶은데, 아버지를 향한 다른 마땅한 말을 찾을 수가 없었다. 아버지의 자식으로 생명을 얻은 나는 그가 좋든 싫든 그의 자식으로 살아야 했다. 세상에 아버지를 지칭할 다른 말은 마련되어 있지 않았다. 민국은 주님을 아버지로 모실 수 있다는 게 기뻤다. 아버지라는 호칭이 어울리는 아버지를 영접할 수 있다는 게 기뻐서 주르륵 눈물이 흘렀다. 홀로 세상에 버려진 듯한 막막한 마음도 주 되신 나의 아버지께 위로 받을 수 있었다.

똘뜨 안에는 필사본이 채워져 간다. 누군가 은밀한 지하교회에서 정성껏 필사한 종이로 말씀을 처음 접한다고 생각하니 가슴이 두근거렸다. 민국은 며칠 동안 자신을 괴롭혔던 생각들이 정리되는 기분이 든다. 민국은 자동차 키를 챙겼다. 휴대전화의 인터넷 창을 열어 교도소 면회 시, 무엇이 필요한지 살핀다. 신분증 외에는 모두가 선택 사항이었다. 영치금을 넣을지 말지도 자신이 결정하는 것이고, 서적을 넣을 수도 있지만, 교도관에게 확인을 받은 후에 넣을 수 있다고 쓰여 있었다. 교도소 접견실에 마련된 컴퓨터를 사용해 인터넷 서신을 보낼 수도 있단다. 한 번도 가보지 않은 장소에 대해 간단하게 검색을 끝낸다.

  민국은 어쩌면 이제, 자전적인 소설을 쓸 수도 있을 거라고 생각한다. 생채기가 많은 유년의 기억도 한 편의 글로 완성할 수 있을 거라는 생각도 든다. 민국의 소설 속에는 주인공으로 말씀을 필사하는 과정에서 치유의 은혜를 경험한 신실한 믿음의 청년이 등장할 것이다. 그 청년은 말씀에 따라 순종하는 삶을 살며, 주님의 사랑을 전하는 밀알 같은 존재이다. 민국의 책상 위에 놓인 똘뜨 상자가 인생의 많은 부분을 바꾸어 주었다. 민국은 임요한 대표에게 전화를 걸기 위해 휴대전화를 찾는다. 간단한 메시지라도 남겨 지금의 결심을 알리고 싶다. 말씀 안에서 변화된 삶을 이제는 북한의 지하 교회 성도들에게 나누어 주고 싶다. 세상에 빛과 소금 같은 존재로 거듭나야 할 때다. 민국이 전달하는 똘뜨 상자 안에는 마음을 넉넉히 위로할 주님의 말씀이 담겨 힘든 현실을 살아가는 북한의 동포들에게 새 희망을 전할 수 있을 것이다.

민국은 교도관이 묻는 수용자 번호를 알지 못했다. 아버지의 생일을 기억해 교도관에게 이야기했더니 아버지의 수용자 번호를 알려 준다. 죄를 지은 아버지는 자신의 이름을 잃어버린 채, 1148이란 숫자로 살고 있었다. 아버지에게 오늘은 아주 특별한 날이 되겠지. 처음으로 아들이 자신을 면회 온 날이 아닌가! 아버지의 얼굴을 마주할 수 있을지 아직은 자신할 수 없다. 민국은 점점 다가오는 수용자 번호를 멍하니 바라본다.

— 작가 후기

흘러가도
좋을 것들

 꼭 십 년 만에 제주를 찾았어. 전화를 걸까, 문자 메시지를 남길까. 망설이다 결국은 전화도 문자도 하지 않았어. 아쉬운 듯 지워지는 게 익숙한 나이가 되었나 봐. 그리운 건 떠나온 시절이고, 덧입혀지는 시간 속에서 그저 흘러가도 좋을 것들이 많아져.

 발걸음이 뜸한 공중전화 부스에는 잡풀이 우거져 있었어. 일부러 돌아보지 않은 우리의 마음처럼 말이야. 괜찮게 살다가도 문득, 보고 싶은 그리움이겠지. 제주의 바람은 여전히 차고 그 시절 우리는 지금도 명랑해. 흐릿한 기억 속에서만, 가끔 재회하는 것도 나쁘지 않을 거야. 나란히 걸었던 우리의 발걸음은 어긋나버린 지 오래지만, 아무려나.

살아가는 게 버거운 순간들이 있지. 마주잡은 손의 온기조차 느낄 수 없이 마음이 식어버릴 때가 있어. 우리는 왜 그 시절, 헤어져야만 했을까. 너무 덤덤해서 이별이라고 느끼지도 못했잖아. 어쩌면 떠나온 순간부터 다시는 찾지 않을 인연이란 걸 알고 있었을 테지.

아마도, 수줍은 사랑이었을 그 마음이 때때로 우리는 궁금할 거야. 마음 밖을 서성이며 답해주지 못했던 옛 기억들, 차마 묻지도 못한 용기 없던 내가 소설 안에 오롯이 담겨 있어. 당신이라면 찾을 수 있는 내 모습들이지. 여전히 숨바꼭질하는 철없는 우리야.

전화를 걸까, 문자 메시지를 남길까. 망설이다 결국은 전화도 문자도 하지 않았어. 곱게 화장을 해도 머리를 매만져도 젊은 날의 생기는 남아있지 않았거든. 글 쓰는 사람이 되길 참 잘했어. 처음부터 기대하지 않은 답장이었고 느린 발걸음 이렇게나마 비칠 수 있어서 다행이야.

                                        2021 여름, 제주에서

발문

결국은 사랑

소설가 김미월

세간에 널리 알려져 있다시피 국정원의 전신인 중앙정보부의 부훈은 '우리는 음지에서 일하고 양지를 지향한다'였다. 그 말을 뒤집어 '양지에 있지만 음지를 바라본다'고 표현할 수 있는 작가가 노은희 아닐까 생각한다. 내가 개인적으로 살짝 아는 인간 노은희는 그렇다. 밝고 다정하고 위트 넘치며 특유의 친화력으로 사람들을 무장 해제시켜 순식간에 자신의 편으로 만들어버리는, 언제 보아도 그 환하고 선한 기운으로 주변을 압도하는 사람. 그러나 그의 소설은 그렇지 않다.

작가 노은희의 시선은 세상의 그늘을 향해 있다. 구석에 웅크리고 있는 사람, 어딘가 아픈 사람, 가진 게 없는 사람, 그 밖에도 소외와 결핍으로 고통 받는 사람들을 노은희는 가만히 들여다보고 그들의 이야기에 귀 기울인다. 그리고 질주한다. 호스피스 병동에서 아프리카 초원까지, 구로공단에서 평안북도까지, 박제 학원이라는 세속의 공간에서 마침내 신앙에 눈뜬 자에게만 보이는 구원의 세계까지, 노은희의 서사는 경계를 무너뜨리고 영토를 확장시키며 끝없이 뻗어나간다.

그 과정을 따라가면서 독자는 낯선 경험을 하게 된다. 타인의 상황을 접하고 그것을 상상하다가 어느 순간 그의 내면을 이해하려고 노력하게 되는 경험 말이다.

그렇게 우리는 우리와 한없이 멀리 떨어져 있는 타인들, 그러니까 귀족들의 원정 사냥에 액세서리처럼 따라다닐 수밖에 없었던 어느 가난한 어린아이, 북에 두고 온 동생 때문에 인간을 박제하는 범죄 행위도 서슴지 않는 탈북 여성, 알코올 중독자 아버지에게 맞아 죽은 어머니 때문에 아버지를 용서하지 못하는 작가 지망생 청년의 기구한 삶에 몰입하고 공감하게 된다.

어쩌면 그것이야말로 우리가 소설에서 얻을 수 있는 가장 귀한 가치일지 모른다. 독자에게 개인의 경험이 가지는 한계를 넘어 타인의 고통과 슬픔에 대해 알게 해주는 것. 그리하여 조금이라도 덜 폭력적인 사람으로 살아갈 수 있도록 도와주는 것. 좋은 소설은 그런 것이다. 지옥으로서의 타인을 우리 자신의 내면으로 초대하여 그의 이야기를 들어주는 것. 노은희의 소설이 하고 있는 바로 그 작업 말이다.

혹자는 노은희의 작품들에 종교색이 짙다고 생각할 수도 있을 것이다. 실제로 「부활」의 마지막 장면에서 화자는 그간 외면하려 했던 신을 간절히 찾는다. 「똘뜨」에서도 화자는 순전히 아르바이트로 시작한 성경 필사 작업을 통해 점차 신앙에 눈을 떠간다.

그러나 노은희가 표현한 신에 대한 사랑의 서사에서 방점은 '신'이 아니라 '사랑'에 찍혀 있다. 신에 대한 사랑 이전에 인간에 대한 사랑이 없었다면 이상의 작품들과 같은 서사는 가능하지 않았을 것이다. 범죄에 연루된 동료 박제사를 돕기 위해 용기를 내는 화자, 용서할 수 없는 아버지를 실은 용서하지 않을 수도 없음을 아프게 시인하는 화자의 이야기가 독자의 마음에 울림을 준다면 그것은 신 때문이 아니라 인간들 때문일 것이다.

무지하고 오만하고 나약한, 그러나 마음 깊은 곳에 자신도 모르는 사랑을 품고 있는 그 어쩔 수 없이 못나고 어쩔 수 없이 아름다운 인간들이 노은희 소설의 핵심이다. 노은희는 그들에 대한 사랑을 통해 신에 대한 사랑으로 나아간다. 양지에 있지만 음지를 바라보는 작가, 노은희의 작가 정신의 핵심은 그러므로 결국 사랑이다.

해설

삶을 돌아보는 소설

배성우(고려대학교 문학박사)

"신은 불합리하기 때문에 믿는다"
-「부활」-

종교는 철학과 과학과는 그 인식 과정이 다릅니다. 논리성이나 실증성으로 종교를 이해해서도 안 되고, 이해할 수도 없습니다. 신은 우리와는 완전히 다른 존재인 타자임을 인식하는 것이 믿음의 시작입니다.

종교를 갖지 않는 사람은 흔히 신을 이해할 수 없어서 믿을 수 없다고 말합니다. 신은 이해하는 것이 아니라 믿는 것입니다. '신은 불합리하기 때문에 믿는다.'라는 말은 이런 신의 타자성을 보여 줍니다. 역설적으로 가장 이성적인 동물인 우리는 가장 비이성적인 신을 믿습니다.

지구상에서 신을 믿는 동물은 우리뿐일 것이라고 알려져 있습니다. 역사는 신석기 혁명 이후에 우리가 종교를 믿기 시작했다고 합니다. 또 어떤 이는 신석기 혁명 이전에 이미 우리는 종교를 믿기 시작했다고 주장합니다. 어쨌든 현재 우리는 신을 믿습니다. 비합리적인 타자를 믿는 것은 우리의 본성에 내재해 있는 것으로 보이기까지 합니다. 노은희 작가의 「부활」은 우리의 믿음이 본성에 내재해 있음을 보여주고 있다는 점에서 흥미롭습니다.

「부활」의 주인공은 철저히 눈에 보이는 것만 믿습니다. 그는 어려서부터 박제품을 좋아합니다. 박제품은 철저히 외관에만 관심을 둡니다.

겉만 있고 속이 비어 있는 박제품에서 주인공은 생명을 느낍니다. 박제품을 치우려는 아버지에게 주인공은 박제품이 자신의 친구이며 소중한 동물이라며 쫓아내지 말 것을 부탁합니다.

박제품을 생명으로 간주하는 그는 이미 일종의 믿음을 갖고 있습니다. 그러나 그의 종교적 대상이 타자성을 지니고 있지 않기 때문에 그의 믿음은 종교라고 말할 수 없습니다. 예쁜 병아리들이 옹기종기 모여 있는 모습에 반하였다는 대목에서 그의 믿음이 합리적인 수준임을 알 수 있습니다.

고등학교를 졸업한 주인공은 스스로 박제를 만드는 학원에 다니며 스스로 박제를 하기 시작합니다. 여기서 그는 탈북 여성을 만납니다. 탈북 여성은 박제에 익숙합니다. 유물론적 사고가 바탕인 북한 사회에서 자라서인지 탈북 여성은 박제 솜씨가 뛰어납니다. 그럼에도 그녀는 박제를 즐기지 않습니다. 자신과 가족을 위해 어쩔 수 없이 하고 있습니다.

 찬송가를 마음껏 부르기 위해 탈북을 했다는 그녀를 그는 이해할 수 없습니다. 주인공은 주고받는 것이 있어야 공평하다고 생각합니다. 신이 북한 사람들에게 배고프고 희망 없는 나라를 주었는데 어떻게 탈북 여성은 그런 신을 믿을 수 있는지 의문을 품습니다. 신이 타자임을 인식하지 못한 주인공은 탈북인들의 믿음을 이해할 수 없었습니다.

 그런데 주인공은 탈북 여성을 통해 박제에 대한 시각이 조금씩 변하기 시작합니다. 결혼을 앞둔 주인공은 예비 신부를 위해 박제를 멀리합니다. 예비 신부의 사랑도 그를 변화시키고 있습니다. 사랑의 감정은 논리적이지도 않고 실증적이지도 않습니다. 그런 감정의 경험이 그를 변화시킵니다.

그도 우리와 완전히 다른 타자를 믿을 수 있는 마음을 갖게 됩니다. 그는 비합리적인 타자를 믿을 수 있는 마음이 생기면서 남들이 보지 못한 것을 볼 수 있습니다. 탈북 여성의 범죄 행위가 드러나고 모두가 그녀의 겉으로 드러난 엽기적인 행동만을 주목할 때 주인공은 그녀 내면의 아픔을 보게 됩니다.

이제 주인공은 외면만이 전부가 아님을 깨닫게 됩니다. 결국 결혼과 함께 그의 박제들을 버립니다. 외면만이 아닌 내면을 보게 되면서 보이지 않는 것도 믿게 됩니다. 그리고 성경책을 찾아 탈북 여성을 위한 기도를 합니다.

우리의 삶은 영원하지 않습니다. 그래서인지 우리는 영원성을 추구합니다. 주인공은 박제를 통해 영원성을 추구합니다. 박제된 동물은 영원하지 않습니다. 죽었습니다. 단지 박제를 보는 주인공만이 박제를 생명으로 영원히 존재한다고 믿고 있습니다. 그러한 믿음에는 근거가 있었습니다. 어여쁜 눈빛, 행복한 표정, 부리부리한 부엉이의 눈 등이 생명력의 근거였습니다.

그런 주인공에게 탈북 여성의 믿음은 근거 없고 비합리적인 믿음입니다. 아무것도 해준 것 없이 배고프고 희망 없는 세상에 버려진 그녀가 그럼에도 믿음을 갖는다는 것을 이해할 수 없습니다. 합리적인 믿음과 비합리적인 믿음의 대결, 믿음이란 근거가 없고 믿음직스럽지 못한 구석이 있을 때 믿는 것입니다. 신은 우리와 완전히 다른 타자성을 갖기 때문에 근거를 찾는 주인공의 믿음은 종교라고 말할 수 없습니다.

그런 점에서 박제를 통해 영원성을 추구한 주인공의 믿음은 종교적 원형에서 멀리 떨어져 있습니다. 반면 탈북 여성의 이해할 수 없는 믿음이 그 원형에 가깝습니다. 탈북 여성의 믿음을 접한 주인공은 자신의 믿음에 대해 회의하다 결국 사랑을 하면서 진정한 믿음을 깨닫게 됩니다.

일부 종교인들은 그들이 믿는 신을 설명하려 하고 그 존재를 증명하려 듭니다. 그것은 신의 타자성을 인식하지 못한 결과입니다. 타자성, 즉 우리와 완전히 다른 신은 우리의 인식 체계로 인식하는 것이 아니라 믿음으로 받아들이는 것임을 노은희 작가의 소설을 통해 느끼기를 희망합니다.

"실천이 생각을 낳는다"
-「똘뜨」-

신의 타자성을 인식하는 것이 종교의 시작이라면 종교적 실천은 완성입니다. 종교적 의례, 기도, 염불, 헌금, 봉사 등 모든 종교적 실천이 뒤따라야만 종교는 완성됩니다.

지식을 많이 아는 사람을 지식인이라고 할 수 있을지 모르겠으나, 종교적 가르침을 많이 안다고 종교인이라고 할 수 없습니다. 종교인이라면 종교적 가르침을 실천해야 합니다. 조선의 유학자들이 성리학은 이념, 예학은 실천이라고 하며 성리학의 이념을 실천하고자 노력했기 때문에 유학을 유교로 인정한 것처럼 종교적인 가르침에 대한 실천적 행동이 종교를 완성하게 합니다.

그렇다면 종교적 가르침을 아는 것과 종교적 가르침을 실천하는 것, 둘 중에 어느 것이 중요할까요? 노은희 작가의 작품 「똘뜨」에서는 종교적 실천의 중요함을 보여 주고 있습니다.

「똘뜨」의 주인공도 「부활」의 주인공처럼 신의 타자성을 인식하지 못합니다. 마지막 순간까지 성경을 손에서 놓지 않았던 그런 어머니가 아버지께 맞아 죽은 일은 절대자의 존재를 의심할 수밖에 없는 상황이었습니다. 그렇게 열심히 교회에 다닌 결과가 남편에게 맞아 죽는 것이라면 누가 신을 믿을 수 있겠습니까? 주인공 민국은 신을 원망까지 하고 있습니다.

그런 민국이 우연히 시작한 아르바이트가 성경을 원고지에 베끼는 일입니다. 그렇게 쓴 원고지는 케이크 상자에 담아 북한 주민들에게 보내집니다. 배고픈 북한 주민들은 케이크 상자 안에 먹을 것이 담기길 원할 텐데 종이 뭉치를 보내는 것을 이해하지 못합니다. 그런데 신의 존재를 의심하던 주인공 민국이 알바로 시작한 성경을 베끼는 일은 그에게는 일종의 종교적 실천으로 다가옵니다.

임요한 대표는 공장을 하면서 얻은 수익금으로 북한을 돕는데, 북한의 선교 사업을 자신의 중요한 일로 여기고 있습니다. 북한의 지하 교회 사람들은 목숨을 걸고 성경을 읽고 찬송한다며 그들을 돕는 일이라면 무엇이든 해주고 싶다고 말합니다.

임요한 대표의 이런 태도를 민국은 이해할 수 없지만, 점차 그도 임요한 대표를 닮아갑니다. 성경을 필사하는 종교적 실천을 통해 처음에는 기쁨을 느낍니다. 필사하기에 좋은 펜을 고르는 것에서 시작해서 어머니의 믿음을 이해하고, 상점 주인의 어려움을 공감하며 임요한 대표의 선교 사업도 이해합니다. 이런 점에서 「똘뜨」는 믿음의 타자성에만 머물지 않고 더 나아갑니다. "왜 하필 나입니까"에서 "왜 나는 안 되지"로의 인식의 변화는 종교적 실천이 우리에게 주는 힘을 보여줍니다.

민국은 세상을 믿지 못했습니다. 그가 세상을 믿지 못하는 이유는 아버지가 큰 몫을 한 것으로 보입니다. 그런 그가 세상을 믿게 되는 과정을 보면 흥미롭습니다. 성경 필사를 하며 활자에 집중하게 되고, 집 앞 작은 예배당이 눈에 들어오고, 십자가 불빛이 아름답다고 느끼기 시작합니다. 출애굽기를 필사할 때는 이드로가 품었을 깨달음에 대한 기쁨을 공감하며 미소를 짓기까지 합니다. 이때부터 그는 어머니의 신앙을 이해할 수 있었고, 임요한 대표의 선교 사업 그리고 상점 주인의 어려움, 즉 이웃의 어려움까지도 공감할 수 있는 마음을 지니게 됩니다.

이런 변화의 출발점은 공감이라고 작가는 말하고 있습니다.

"글을 쓰면서 비적비적 눈물을 훔치게 되는 건……(중략) 누구에게도 도움을 받지 못하는 외로운 처지에 공감하자 민국은 몸이 바르르 떨렸다."

공감이란 타인과 자신이 동일시되는 측은지심의 감정입니다. 공감은 타자를 나와 동등하게 여길 때 비로소 가능하므로 자기중심적 사고에서 벗어나 타자와 나를 동등하게 여기는 사고로 변하였음을 말합니다. 따라서 "왜 하필 나입니까"에서 "왜 나는 안 되지"로의 변화는 자기중심적 사고에서 타인과 나를 동등하게 여기는 사고로 변하였음을 의미합니다. 또한 민국은 이 과정에서 기쁨을 느낍니다.

 한 가지 더 흥미로운 것은 민국이 겪는 깨달음의 과정이 민국 자신에서부터 시작되었다는 점입니다. 결국 남을 믿지 못하고 세상을 믿지 못하고 스스로를 불행하게 하는 것은 자신의 마음에서 비롯된 점임을 작가는 말하고 있습니다. 종교적 실천, 종교적 믿음 그리고 공감의 과정을 통해 우리는 우리의 상처를 치유할 수 있음을 말하고 있습니다. 결국 민국도 결코 용서할 수 없었던 아버지를 용서하게 됩니다.

 종교는 타자에 대한 인식과 그것에 대한 실천적 행위가 맞물려 완성됩니다. 「부활」이 타자에 대한 인식의 중요성을 강조했다면 「똘뜨」는 종교의 실천적 행위의 중요성을 강조하고 있습니다.

"소설의 가치를 돌아보다"
-「트로피 헌터」-

 이 작품을 보면서 줄곧 떠오른 것은 주인공이 사냥에 집중하는 모습입니다. 그녀는 자신에게 죽임을 당한 동물들에게 끊임없이 연민을 느끼지만 애써 그것을 인정하려 하지 않습니다. 죽음 앞에 삶을 체념한 수사자 그리고 주변에서 지켜보는 암사자, 아빠 기린의 사냥과 놀란 새끼 기린들의 모습 등은 그녀에게 연민의 감정을 불러일으켰지만, 그녀는 자의 혹은 타의든 그런 감정을 애써 지웁니다. 무엇이 그녀에게 불쑥 솟아오르는 연민의 감정을 애써 지우게 했을까요? 노은희 작가는 이 질문에 대해 아버지의 결핍이 원인이라고 답을 하고 있습니다.

 그녀의 어머니는 홀로 그녀를 키웠습니다. 그녀는 부모가 필요할 때가 있었지만 그녀는 혼자 모든 것을 해결해야 했습니다. 그녀는 그것이 당연하다고 생각했고 아무 문제가 없었던 것처럼 말하고 있지만, 그녀에게는 그녀도 알 수 없는 사랑에 대한 결핍이 있었습니다. 그녀는 그것을 사냥으로 채우려 합니다. 자신의 결핍이 당연했던 것처럼 그녀에 의해 해체된 가족들의 아픔은 그녀와 관계없는 일이었습니다. 아니 관계없다고 믿고 싶었던 것으로 보입니다.

그녀의 사냥은 한 가족을 해체하였습니다. 아버지와 자식을, 남편과 아내를. 그런 행동을 억지로 자랑스러워하기까지 하는 그녀의 모습은 분명 정상적이지 않습니다.

그런 그녀의 비정상을 어머니는 알고 있습니다. 어머니는 아버지의 결핍이 주요한 원인이었다고 생각합니다. 그래서 어머니는 죽기 전에 그녀에게 아버지를 보이고 싶었습니다. 그것이 비정상적인 그녀를 바꿀 수 있다고 생각했던 것 같습니다.

그녀는 그런 어머니의 마음을 알지 못합니다. 그녀는 자신이 비정상적임을 인식하지 못하기 때문입니다. 그래서 그녀는 그녀의 어머니가 자신의 안위를 걱정해서 다른 직업을 권하였다고 생각합니다. 어머니는 자신을 아버지께 자랑하고 싶어서 아버지를 만나고 싶어 하신다고 오해합니다. 그녀는 아버지의 존재를 확인한 후 그녀는 어머니가 원하는 대로 트로피 헌터를 그만둘 생각을 합니다.

세상이 험악해지고 흉악한 범죄가 끊이질 않고 있습니다. 죄인을 처벌하면 모든 것이 해결될 것처럼 말하고들 있지만, 근본적인 해결의 방안은 건전한 가족 공동체의 역할에 있지 않을까 생각해 보게 합니다.

누군가 제게 종교가 무엇이냐고 물으면 저는 모든 종교를 다 믿는다고 말합니다. 듣는 이는 의아한 표정을 짓다가도 이내 이해한 듯한 표정을 짓습니다. 제가 어떤 종교도 갖지 않고 있다고 생각하는 듯합니다. 그런 것 같습니다. 저는 어떤 종교 활동에도 참여하지 않고 있습니다.

그럼에도 제가 종교가 없다고 말하지 않고 모든 종교를 믿고 있다고 말하는 것은 제 마음속에도 절대자에 대한 믿음이 자리 잡고 있음을 느끼기 때문입니다.

편안하고 행복하게 지낼 때는 그런 믿음이 나타나지 않지만 제게 어려운 순간이 다가오면 마음속으로 절대자를 찾으며 그 순간이 무사히 지나가기를 기원합니다. 잘나갈 때는 모든 것이 제 자신의 힘으로 이루어졌다고 생각하며 나약한 사람만이 절대자를 찾는다고 말하곤 하다가도 정작 제게 어려운 일이 생기면 무의식적으로 절대자를 찾는 제 모습을 봅니다. 마치 갑작스레 놀랐을 때 '엄마'하고 소리를 지르는 것처럼 절대자의 도움을 찾습니다.

정기적으로 참여하는 종교 활동은 참여하지 않으면서도 어려울 때만 절대자를 찾으니 참으로 간사하면서도 이해할 수 없는 마음입니다.

「부활」과 「똘뜨」는 이런 간사함을 되돌아보게 해주었습니다. 소설의 가치는 타인을 통해 나를 반성할 수 있게 해준다는 점에서 찾을 수 있습니다. 노은희의 소설을 통해 독자는 자신 안에 잠재된 이기심과 교만함을 되돌아보게 될 것입니다.